Sara Mesa

Eine Liebe

Roman

Aus dem Spanischen
von Peter Kultzen

Verlag Klaus Wagenbach Berlin

Die spanische Originalausgabe erschien 2020 unter dem Titel *Un amor* bei Editorial Anagrama in Barcelona, die deutsche Übersetzung erstmals 2022 als Quart*buch* bei Wagenbach.

La traducción de esta obra ha contado con la participación de Acción Cultural Española, AC/E. Die Übersetzung dieses Werks wurde gefördert von Acción Cultural Española, AC/E.

AC/E
ACCIÓN CULTURAL
ESPAÑOLA

FSC
www.fsc.org
MIX
Papier aus verantwortungsvollen Quellen
FSC® C014889

Wagenbachs Taschenbuch 864

Verlag Klaus Wagenbach, Emser Straße 40/41, 10719 Berlin
www.wagenbach.de
Covergestaltung Julie August unter Verwendung von Objekten aus dem »Grossen Insektenkasten 1« (2020, Fundstücke in Objektkasten, 160 x 200 x 14 cm) © Matthias Garff. Foto der Autorin © Sonia Fraga. Gesetzt aus der Aldus und der Quicksand. Das Karnickel auf Seite 1 zeichnete Horst Rudolph. Vorsatzpapier von peyer Graphic, Leonberg. Gedruckt und gebunden bei Pustet, Regensburg. Printed in Germany.

ISBN 978 3 8031 2864 5

Als es dunkel wird, spürt sie, wie die Last auf sie stürzt, so schwer, dass sie sich setzen muss, um Luft zu holen.

Die Stille draußen ist nicht so, wie sie es erwartet hat. Eigentlich ist es gar keine Stille. Man hört ein fernes Rauschen, wie von einer Straße, obwohl die nächstgelegene – kaum mehr als eine schmale Landstraße – drei Kilometer entfernt ist. Außerdem hört man Grillen, Hundegebell, gelegentlich die Hupe eines Autos und die Rufe eines Nachbarn, der das Vieh zusammentreibt.

Am Meer wäre es besser gewesen, allerdings auch teurer. Jenseits ihrer Möglichkeiten.

Und wenn sie noch eine Weile durchgehalten, etwas mehr Geld gespart hätte?

Sie denkt lieber nicht darüber nach. Sie schließt die Augen und lässt sich aufs Sofa fallen, wo sie nur mit dem halben Körper landet, der Rest ragt über den Rand hinaus, eine unnatürliche Haltung, von der sie Krämpfe bekommen wird, wenn sie sich nicht bald bewegt. Sie merkt es. Legt sich irgendwie zurecht. Wird schläfrig.

Nicht nachdenken ist besser, aber die Gedanken kommen wie von selbst, schweben durch sie hindurch, verbinden sich. Sie versucht, sie so schnell wieder loszuwerden, wie sie in sie eindringen, trotzdem sammeln sie sich in ihr an, ein Gedanke über dem anderen. Schon allein die damit verbundene Anstrengung – ihr Bemühen, sie eindringen zu lassen und wieder loszuwerden, ohne dass sie sich ansammeln – beschäftigt ihren Kopf mehr, als ihr guttut.

Sobald sie den Hund bekommt, wird alles einfacher sein.

Sobald sie ihre Dinge organisiert hat, ihren Tisch aufgestellt und das Gelände rings ums Haus hergerichtet hat. Sobald sie alles ausreichend gewässert und saubergemacht hat. Wie trocken es hier ist! Was für ein Dreck! Sobald es kühler wird.

Sobald es kühler wird, wird alles besser.

Der Vermieter wohnt in Petacas – eine kleine Ortschaft, mit dem Auto braucht man eine Viertelstunde bis dorthin. Er erscheint zwei Stunden später als verabredet. Nat fegt gerade die Veranda, als sie den Jeep hört. Sie blickt auf, kneift die Augen zusammen. Er hat vor ihrem Eingangstor gehalten, mitten auf dem Weg. Jetzt kommt er mit schlurfenden Schritten näher. Es ist heiß. Es ist zwölf Uhr mittags und schon unbarmherzig heiß.

Er entschuldigt sich nicht für die Verspätung. Lächelnd legt der Mann den Kopf schief. Er hat schmale Lippen und tiefsitzende Augen. Sein abgetragener Overall ist voller Ölflecken. Schwer zu sagen, wie alt er ist. Dass er so ramponiert wirkt, liegt nicht an seinem Alter, eher ist es seinem angeekelten Ausdruck geschuldet, der Art, wie er beim Gehen mit den Armen schlenkert und die Knie beugt. Er bleibt vor ihr stehen, stemmt die Hände in die Hüften und sieht sich um.

»Soso, wir legen also los, ja? Und, wie war die Nacht?«

»Gut. Mehr oder weniger. Zu viele Mücken.«

»In der Schublade der Kommode ist so ein Gerät. Mit dem kann man Mücken verscheuchen. Hast du's nicht gesehen?«

»Doch, aber es war keine Flüssigkeit drin.«

»Tja, tut mir leid.« Lachend breitet er die Arme aus. »So ist das auf dem Land!«

Nat erwidert sein Lächeln nicht. Ein Schweißtropfen rinnt ihr über die Schläfe. Sie wischt ihn mit dem Handrücken fort und zieht aus dieser Bewegung die Kraft, die sie braucht, um zum Angriff überzugehen.

»Das Schlafzimmerfenster schließt nicht richtig, und der Hahn in der Dusche tropft. Außerdem ist alles wahnsinnig schmutzig, viel schlimmer, als ich es in Erinnerung hatte.«

Das Lächeln des Vermieters erstarrt, löst sich auf. Als er antwortet, spannt sich sein Kiefer an. Nat wird klar, dass er ein jähzorniger Mensch ist, am liebsten würde sie jetzt zurückrudern. Mit vor der Brust verschränkten Armen erklärt ihr der Mann, dass sie bei der Besichtigung genau hat sehen können, in welchem Zustand das Haus sich befindet, und wenn sie nicht alles richtig angeguckt hat, ist das ihre Schuld, nicht seine. Er erinnert sie daran, dass er für sie zweimal mit dem Preis runtergegangen ist. Zuletzt sagt er, dass er sich um alle nötigen Reparaturen kümmern wird. Nat hält das für keine gute Idee, sagt aber lieber nichts. Stattdessen nickt sie und wischt sich noch einen Schweißtropfen ab.

»Es ist sehr heiß.«

»Und daran bin wahrscheinlich auch ich schuld, oder?«

Der Vermieter dreht sich um und ruft nach dem Hund, der neben dem Jeep in der Erde scharrt.

»Wie findest du den?«

Der Hund hat bis jetzt noch nicht einmal aufgesehen. Nervös schnüffelt er auf dem Boden herum wie ein Jagdhund auf Fährtensuche. Ein Köter mit struppigem gräulichem Fell, langen Beinen und spitzer Schnauze. Er hat eine leichte Erektion.

»Und, gefällt er dir oder nicht?«

»Weiß nicht«, stammelt Nat. »Ist es ein guter Hund?«

»Natürlich ist das ein guter Hund. Einen Schönheitswettbewerb wird er nicht gewinnen, das siehst du selbst, aber das ist dir ja egal, oder? Hast du nicht gesagt, dass dir das egal ist?

Er hat kein Ungeziefer und ist auch sonst in Ordnung. Er ist jung, gesund. Viel fressen tut er nicht, keine Sorge. Er sucht sich selbst hier und da, was er braucht. Er kommt gut allein zurecht.«

»Einverstanden«, sagt Nat.

Sie gehen ins Haus, sehen den Vertrag noch einmal durch, unterschreiben – sie mit einer nachlässigen Kritzelei, er feierlich, den Kugelschreiber kräftig ins Papier gedrückt. Der Vermieter hat nur ein Exemplar des Vertrags mitgebracht. Er steckt es ein und verspricht, Nat ihr Exemplar so bald wie möglich zukommen zu lassen. Nat sagt sich, dass es nicht darauf ankommt, der Vertrag ist sowieso ungültig, nicht einmal die Miethöhe, die darin aufgeführt wird, stimmt. Weder auf die Sache mit dem Fenster noch auf den tropfenden Hahn kommt sie noch einmal zu sprechen. Der Vermieter ebenso wenig. Er hält ihr theatralisch die Hand hin und verengt die Augen zu Schlitzen, als er sie ansieht.

»Besser, man versteht sich gut als schlecht«, sagt er.

Als er in den Jeep steigt und losfährt, rührt der Hund sich nicht. Er schnüffelt weiter an der ausgedörrten Erde vor dem Haus. Nat ruft nach ihm, schnalzt, pfeift, aber er macht keinerlei Anstalten, näherzukommen.

Der Vermieter hat ihr nicht mal gesagt, wie der Hund heißt. Falls er überhaupt einen Namen hat.

Müsste sie erklären, warum sie hier ist, fiele es ihr schwer, eine überzeugende Antwort zu finden. Darum weicht sie aus, als es so weit ist, beschränkt sich darauf, von einem Tapetenwechsel zu sprechen.

»Die halten dich bestimmt alle für verrückt, oder?«

Das Mädchen in dem Laden stapelt Kaugummi kauend die Einkäufe auf die Theke. Es ist der einzige Laden im Umkreis von mehreren Kilometern, er hat nicht mal ein Schild und ist vollgestopft mit Lebensmitteln und Drogerieartikeln, alles wild durcheinander. Die Sachen sind teuer, und besonders viel Auswahl gibt es nicht, aber noch hat Nat sich nicht dazu durchringen können, mit dem Auto nach Petacas zu fahren. Sie zieht ihr Portemonnaie hervor und zählt die nötigen Scheine ab.

Das Mädchen hat Lust, zu reden. Sie fragt Nat hemmungslos aus, bringt sie in Verlegenheit. Wenn sie könnte, würde sie liebend gern genau das Gleiche machen, nur umgekehrt, sagt sie. Nach Cárdenas ziehen, da ist echt was los.

»Das Leben hier ist einfach nur langweilig. Nicht mal Jungs gibt es!«

Sie erzählt, dass sie früher in Petacas auf die Schule gegangen ist, aber dann hat sie abgebrochen. Das Lernen macht ihr einfach keinen Spaß, sie tut sich in allen Fächern schwer. Jetzt arbeitet sie eben im Laden mit. Ihre Mutter hat ständig Migräne, und ihr Vater muss sich um den Hof kümmern, da passt es gut, dass jemand da ist, der aushilft. Aber sobald sie achtzehn ist, haut sie von hier ab. Sie kann in Cárdenas als Kassiererin arbeiten oder Kinder hüten. Sie kann gut mit Kindern. Also mit den paar hier in La Escapa, fügt sie lächelnd hinzu.

»Dieser Ort hier ist einfach nur langweilig«, sagt sie noch einmal.

Sie klärt Nat über die Leute auf, die in den Häusern und auf den Höfen in der Gegend wohnen. Sie erzählt ihr von der Romafamilie, die bewohnt ein halbverfallenes altes Bauernhaus gleich am Ortsausgang. Die Kinder werden morgens vom Schulbus abgeholt. Es sind die einzigen Kinder, die das ganze Jahr über hier leben. Dann ist da noch das alte Ehepaar in dem kleinen gelben Haus. Sie ist eine Art Hexe, behauptet das Mädchen, sie kann die Zukunft voraussagen und Gedanken lesen.

»Die ist unangenehm, weil sie ein bisschen verrückt ist«, sagt sie lachend.

Sie redet von dem Hippie in dem Holzhaus, einem Mann, den sie den Deutschen nennen, obwohl er gar kein Deutscher ist, vom Dicken und seiner Bar, obwohl, Bar ist vielleicht ein bisschen übertrieben für den Lagerschuppen, gibt sie zu, der Dicke verkauft da Bier in Flaschen. Je nachdem, was es auf den Feldern zu tun gibt, kommen außerdem noch andere Leute hierher: Erntehelfer, die bleiben zwei Wochen, manchmal auch nur ein paar Tage. Und es gibt ganze Familien, die das halbe Jahr woanders leben und in La Escapa in Häusern wohnen, die sie geerbt haben und nicht verkauft bekommen. Aber alleinlebende Frauen sind nie zu sehen. Jedenfalls keine in Nats Alter, ergänzt sie.

»Omas zählen nicht.«

In den ersten Tagen verläuft Nat sich ständig, sie vermischt die Sachen, die das Mädchen erzählt hat – teils, weil sie ihr nicht richtig zugehört hat, teils, weil sie sich hier immer noch nicht gut genug auskennt. Wo genau La Escapa anfängt und endet, ist etwas unklar, es gibt so was wie einen Ortskern – mehrere kleine Häuser, die einigermaßen eng beieinanderstehen, darunter ihres, weiter weg stehen verstreut aber auch noch andere Gebäude, manche bewohnt, manche nicht. Von außen kann Nat nicht erkennen, ob es Wohnhäuser sind oder Schuppen oder auch Ställe, ob dort Menschen leben oder bloß Vieh darin untergebracht ist. Könnte sie sich nicht an dem Laden orientieren, der ihr manchmal vertrauter vorkommt als das Haus, das sie inzwischen seit einer Woche bewohnt, käme sie völlig durcheinander. Hübsch ist die Gegend nicht gerade, wenn abends die Umrisse verschwimmen und das Licht einen goldfarbenen Ton annimmt, entdeckt Nat darin jedoch eine gewisse Schönheit, an die sie sich klammern kann.

Sie nimmt ihre Taschen und verabschiedet sich von dem Mädchen, aber bevor sie rausgeht, dreht sie sich noch einmal um und fragt nach dem Vermieter. Ob sie ihn kenne? Das Mädchen verzieht den Mund und bewegt den Kopf langsam hin und her. Nein, nicht wirklich, sagt sie. Er wohnt schon lange in Petacas.

»Als ich klein war, habe ich ihn öfters hier gesehen, das weiß ich noch. Er war immer mit einer Menge Hunden unterwegs und ständig total schlecht drauf. Später hat er geheiratet, oder er ist mit jemand zusammengezogen, jedenfalls ist er weggegangen. Ich nehme an, seine Frau wollte nicht in La Escapa wohnen, was ich gut verstehen kann. Für Frauen ist es hier noch schlimmer. Andererseits ist Petacas auch nicht so toll. Ich würde da ums Verrecken nicht leben wollen.«

Sie versucht, den Hund mit einem alten Ball, den sie auf einem Haufen Feuerholz entdeckt hat, zum Spielen zu bewegen, aber statt sich den geworfenen Ball zu schnappen und zu ihr zurückzubringen, hinkt das Tier gleichgültig davon. Wenn sie neben ihm in die Hocke geht, um auf Augenhöhe mit ihm zu sein und ihn nicht zu erschrecken, entwischt er mit eingezogenem Schwanz. Weil er so scheu und spröde ist, nennt sie ihn Sieso – hier im Süden heißt das so viel wie Nichtsnutz, Spielverderber, Lahmarsch. Irgendwie muss sie ihn schließlich nennen. Sieso ist aber nicht nur widerspenstig, er ist völlig unzugänglich. Er streunt ums Haus herum, aber es ist, als wäre er gar nicht da. Warum soll sie mit so einem Hund zusammenleben? Selbst der hypernervöse Chihuahua-Mischling aus dem Laden ist da noch sympathischer.

Alle Hunde, denen sie unterwegs begegnet – und es sind eine Menge –, kommen angelaufen, wenn sie nach ihnen ruft. Viele sind auf Essen aus, zweifellos, aber gestreichelt werden wollen sie auch. Sie sind neugierig, ja aufdringlich, sie möchten unbedingt wissen, wer die neue Nachbarin ist, die jetzt hier wohnt. Sieso dagegen scheint sich nicht mal fürs Fressen zu interessieren. Wenn sie ihm etwas hinstellt, gut; wenn nicht, auch gut. Was das angeht, hat der Vermieter ihr nichts vorgemacht: Dieser Hund kostet sie kaum Geld. Manchmal schämt Nat sich für ihr Gefühl der Ablehnung. Sie wollte schließlich einen Hund, und jetzt hat sie einen. Da kann – darf – sie doch nicht sagen – ja, nicht mal denken –, dass sie ihn nicht haben will.

Eines Morgens begegnet sie im Laden dem Hippie. So hat das Mädchen ihn genannt, das sie beide jetzt ohne jede Eile bedient. Währenddessen raucht sie seelenruhig eine Zigarette. Der Hippie ist etwas älter als Nat, aber wahrscheinlich noch keine vierzig. Er ist groß und kräftig, hat sonnengegerbte Haut, große, rissige Hände und einen entschlossenen, jedoch friedfertigen Blick. Er hat langes, schlecht geschnittenes Haar und einen leicht rötlichen Bart. Nat fragt sich, warum das Mädchen ihn Hippie nennt. Vielleicht wegen der langen Haare oder weil er, wie Nat, nicht von hier ist, sondern aus der Stadt kommt, was für jemanden, der von klein auf in La Escapa lebt und sich nichts so sehr wünscht, wie von hier abzuhauen, unbegreiflich sein muss. Andererseits lebt der Hippie schon lange hier. Darum stellt er keine Besonderheit mehr dar, anders als Nat, die vorläufig für alle die Neue ist. Nat betrachtet ihn aus dem Augenwinkel, seine abrupten, zielsicheren Bewegungen. Während er darauf wartet, dass er an die Reihe kommt, streicht er der kastanienbraunen Hündin, die ihn begleitet, über den Rücken: eine alte, aber unbestreitbar elegante Labradordame. Sie wedelt mit dem Schwanz und schiebt ihm die Schnauze zwischen die Beine. Alle drei lachen.

»Du bist aber eine Liebe«, sagt Nat.

Der Hippie nickt und hält Nat die Hand hin. Dann überlegt er es sich anders, zieht die Hand zurück und tritt stattdessen auf sie zu, um sie zur Begrüßung auf die Wangen zu küssen. Er belässt es allerdings bei einer, was zur Folge hat, dass Nat anschließend mit vorgebeugtem Kopf dasteht und vergeblich auf den zweiten Kuss wartet. Jetzt sagt der Hippie ihr seinen Namen: Píter. »Das schreibt man mit i«, erläutert er. »Pe-I-Te-E-Er.« Zumindest *er* schreibt das gerne so, außer wenn es um offizielle Angelegenheiten geht. Je seltener man seinen echten Namen schreibt, desto besser, sagt er scherzend. Den echten Namen braucht man nur, wenn man bei diesen Dieben von der Bank unterschreiben muss.

»Natalia«, stellt sie sich nun vor.

Dann folgt die obligatorische Frage, was sie in La Escapa macht. Er hat sie herumlaufen sehen und auch, wie sie das Gelände rings ums Haus gesäubert hat. Hat sie vor, richtig dort zu wohnen? Allein? Nat wird unruhig. Ihr wäre es lieber, wenn ihr niemand bei der Arbeit zusähe, erst recht nicht, wenn sie nichts davon mitbekommt. Aber was soll sie machen? Das zum Haus gehörende Grundstück ist nur durch einen feinen, nicht von Büschen oder anderen Pflanzen bedeckten Maschendraht von der restlichen Umgebung abgetrennt. Sie sagt, sie bleibe bloß ein paar Monate.

»Den Hund habe ich auch gesehen. Den hast nicht du mitgebracht, stimmt's?«

»Woher weißt du das?«

Píter gibt zu, dass er den Hund gut kennt. Einer von den vielen Hunden des Vermieters. Wahrscheinlich der schlechteste. Der sammelt die Hunde von überallher ein, bringt ihnen aber nichts bei, lässt sie auch nicht impfen, kümmert sich nicht im Geringsten um sie. Er benutzt sie eine Weile und setzt sie dann wieder aus. Hat sie ihn um einen Hund gebeten? Sie kann sich sicher sein, dass er ihr den überlassen hat, der am wenigsten taugt.

Nat sieht ihn nachdenklich an, und er sagt, sie solle den Hund einfach zurückgeben. Wenn er nicht das ist, was sie will, gibt es keinen Grund, sich mit ihm abzufinden. Außerdem sagt er, der Vermieter sei ein unangenehmer Typ, es sei besser, ihn auf Abstand zu halten. Er spreche nicht gern schlecht über andere Menschen, bekräftigt er, aber bei dem Vermieter sei es etwas anderes. Der denke immer nur darüber nach, wie er die Leute reinlegen könne.

»Wenn du magst, besorg ich dir einen Hund.«

Immer noch unruhig, kehrt Nat nach Hause zurück. Mit einem nicht übermäßig kalten Bier in der Hand – auch der Kühlschrank funktioniert nicht richtig – setzt sie sich vor die Tür und betrachtet Sieso, der am Zaun in der Sonne liegt und schläft. Auf seinem leicht angeschwollenen Bauch voller alter Wundmale lassen sich immer wieder Fliegen nieder.

Mit der Vorstellung, ihn zurückzugeben, kann sie sich nicht im Geringsten anfreunden.

Das niedrige Haus besteht nur aus einem Geschoss, die Fenster setzen sehr tief an, und im Schlafzimmer stehen zwei neunzig Zentimeter breite Betten. Eins davon wäre Nat gerne los, sie braucht es nicht. Stattdessen möchte sie einen Schreibtisch dort hinstellen – ein einfaches Brett und zwei Böcke würden völlig genügen. Sie überlegt, ob sie den Vermieter anrufen soll, damit er das eine Bett abholt, schiebt die Sache aber immer wieder auf. Sie wird ihn darum bitten, wenn sie ihn das nächste Mal sieht – früher oder später wird es sowieso dazu kommen –, bis dahin hat sie eben keinen Schreibtisch. Vorläufig behilft sie sich mit dem einzigen Tisch, den es im Haus gibt. Sie schiebt ihn ans Fenster, selbst bei hellem Tageslicht ist es im Inneren nämlich düster und feucht. Die Küche – nicht viel mehr als ein Herd und eine Arbeitsplatte – ist derart in eine Ecke gezwängt, dass Nat, selbst wenn sie sich bloß einen Kaffee machen will, das Licht einschalten muss. Für draußen gilt das genaue Gegenteil – vom frühen Morgen an knallt die Sonne auf das Grundstück, selbst wenn sie sehr zeitig zu arbeiten beginnt, ist sie schnell erschöpft. Sie versucht, Furchen zu ziehen, um Paprika, Tomaten und Karotten anzupflanzen, was auch immer, Hauptsache, es wächst schnell und gut. Sie hat alles Mögliche darüber gelesen und sich sogar mehrere Videos angesehen, in denen Schritt für Schritt erklärt wird, wie man vorgehen muss. Als sie das Ganze aber praktisch umsetzen soll, scheitert sie vollständig. Sie wird ihre Scham überwinden und jemanden um Hilfe bitten müssen. Vielleicht Píter.

Nachmittags setzt sie sich für eine oder zwei Stunden an ihre Übersetzung. Sie schafft es jedoch nie, die nötige Konzentration aufzubringen. Vielleicht braucht sie eine gewisse Eingewöhnungszeit, sagt sie sich, vorläufig sollte sie sich deshalb jedenfalls nicht verrückt machen. Um den Kopf frei zu kriegen, geht sie in der Umgebung spazieren. Sieso weigert sich allerdings, mitzukommen, sie kann noch so oft nach ihm rufen. Also macht sie sich allein auf den Weg und hört dabei Musik über ihren Kopfhörer. Wenn sie sieht, dass jemand in ihre Nähe kommt, zwingt sie sich, ihren Schritt zu beschleunigen, ja sogar ein wenig zu joggen. Sie möchte lieber unauffällig bleiben, nicht gezwungen sein, sich vorzustellen oder sich zu unterhalten, selbst wenn sie dafür so tun muss, als würde sie Sport treiben.

In der von der langen Trockenheit ausgedörrten Landschaft stehen vereinzelte Olivenbäume, Kork- und Steineichen. Wenn hier und da etwas blüht, sind es einzig und allein die ärmlichen, klebrigen Zistrosen. Das Einzige, was sich von den eintönigen Feldern abhebt, sind die Umrisse des Glauco – ein niedriger, mit Büschen und Gestrüpp bewachsener Berg, der wie mit Kohle auf den Hintergrund des wolkenlosen Himmels gezeichnet scheint. Auf dem Glauco soll es noch Wildschweine und Füchse geben, an den Gürteln der Jäger, die sich dorthin aufmachen, hängen bei ihrer Rückkehr jedoch immer nur Rebhühner und Kaninchen. Irgendwas ist unheimlich an diesem Berg, sagt sich Nat, versucht den Gedanken aber gleich wieder zu verscheuchen. Warum unheimlich? Der Name ist auf jeden Fall hässlich, zweifellos – Glauco, der Graugrüne. Sie nimmt an, dass die Bezeichnung seinem blässlich-fahlen Farbton geschuldet ist. Andererseits muss sie bei dem Wort Glauco an ein krankes Auge denken, eines mit entzündeter Bindehaut, oder an die gläsernen und geröteten, wie verschleierten Augen alter Menschen. Ihr ist klar, dass sie sich vom Begriff des Glaukoms verleiten lässt. Zufälligerweise ist das Wort gerade erst in dem Text aufgetaucht, den sie zu übersetzen versucht, im Zusammenhang mit der Hauptfigur, einem furchteinflößenden Vater, der in einem bestimmten Moment einen seiner Söhne mit einem für diesen äußerst schmerzhaften Fluch belegt. Nat hat zunächst zu verstehen geglaubt, der Vater leide an einer Augenkrankheit, bis sie begriffen hat, dass der Blick, mit dem der Vater seinen Sohn bedenkt, laut dem Text leer und ausdruckslos sein soll, als wäre die Pupille wie abgestorben, fast undurchlässig. Was soll sie an dieser Stelle also schreiben? Gräulich-grün, bläulich-grün, kränklich, verschwommen, unstet? Je nachdem, wofür sie sich entscheidet, muss sie den Rest des Absatzes danach ausrichten. Einfach wörtlich zu übersetzen, ohne die wahre Bedeutung der Stelle zu erfassen, wäre Schummelei.

Trotz der Wanderungen und der körperlichen Arbeit schläft sie nachts schlecht. Die Fenster zu öffnen traut sie sich nicht. Nicht nur wegen der Mücken, die sie zerstechen, trotz all der Mittel, die sie besorgt hat. In den ersten Nächten sind außerdem Spinnen, Geckos und einmal sogar ein Hundertfüßer ins Haus gekommen – Letzteren hat sie zu ihrem Entsetzen in einem Schuh entdeckt. Und eines Morgens war die Küche voller Ameisen, weil sie vergessen hatte, das Essen in den Kühlschrank zu stellen. Tagsüber umschwirren sie die Fliegen, draußen wie drinnen. Lässt sich das irgendwie ändern?, fragt sie sich. Oder ist das eben so auf dem Land, wie ihr Vermieter sagen würde? Ständig ist alles dreckig, da kann sie noch so viel putzen. Sie fegt und fegt, aber der Staub dringt durch jede Ritze und sammelt sich in den Ecken an. Wenn sie für die Nächte wenigstens einen Ventilator hätte, sagt sie sich, könnte sie die Fenster zumachen, und alles wäre angenehmer. Dann wäre sie morgens ausgeruht und hätte mehr Kraft zum Putzen und Übersetzen und für die Arbeit an dem, was irgendwann ein Garten werden soll. Den Vermieter würde sie jedoch um nichts auf der Welt nach einem Ventilator fragen.

Sie beschließt, nach Petacas zu fahren und dort einen zu kaufen. Bei der Gelegenheit, sagt sie sich, könnte sie sich auch das eine oder andere Werkzeug zulegen. Eine Hacke, Eimer, einen Spaten, eine Heckenschere, ein Sieb und noch ein paar Sachen, vorausgesetzt, sie findet heraus, wie das, was sie sucht, genau heißt.

Auch von Werkzeug hat sie keine Ahnung.

Sie ist erstaunt über das Gedränge in Petacas. Erst nach langer Suche findet sie einen Parkplatz. Die Straßenführung ist ein einziges Wirrwarr und die Beschilderung so widersprüchlich, dass es ohne Weiteres passieren kann, dass man kurz nach der Einfahrt in den Ort durch eine plötzliche Umleitung wieder draußen ist. Die Häuser sind bescheiden, die meist schmucklosen Fassaden in sehr schlechtem Zustand. Dazwischen erheben sich, keinem nachvollziehbaren Plan folgend, bald hier, bald da bis zu sechsstöckige Wohnblocks aus Ziegelstein. Der Großteil der Geschäfte befindet sich in der Umgebung des Marktplatzes. Um das Rathaus – ein protziges Gebäude mit weit hervorragenden Vordächern und riesigen Glasfenstern – drängen sich Bars und von Chinesen betriebene Billigläden. In einem davon kauft Nat einen kleinen Ventilator. Anschließend macht sie sich auf die Suche nach einer Eisenwarenhandlung. Sie kann sich nicht dazu aufraffen, jemanden zu fragen. Sie findet es auffällig, wie nachlässig die Frauen herumlaufen, schlecht frisiert und in ausgetretenen Schlappen. Viele Männer, selbst alte, tragen ärmellose Shirts. Kinder gibt es nur wenige, die, die zu sehen sind, lutschen an Wassereisstangen, rennen herum oder wälzen sich unbeaufsichtigt auf dem Boden. Alle – Männer, Frauen und Kinder – sehen sich seltsam ähnlich und sind gleichermaßen laut und zügellos. Eine Folge der Inzucht, sagt sich Nat und denkt, ihr Vermieter passt perfekt in diese Umgebung.

Sie hat Angst, sie könne ihm über den Weg laufen, aber wen sie stattdessen in der Eisenwarenhandlung trifft, ist Píter. Sie freut sich, ihn zu sehen: endlich jemand, den sie kennt, endlich ein freundlicher Mensch, der lächelnd auf sie zukommt und fragt, was sie hier macht. Nat zeigt ihm die Schachtel mit dem Ventilator, und Píter runzelt die Stirn. Er fragt, warum sie sich nicht von ihrem Vermieter einen hat geben lassen. Er ist verpflichtet, dafür zu sorgen, dass die vermieteten Räume in bewohnbarem Zustand sind. Eine Klimaanlage wäre sicher ein bisschen viel verlangt, aber einen Ventilator müsste er sehr wohl zur Verfügung stellen.

»Du hättest auch mich fragen können, unter Nachbarn hilft man sich schließlich.«

Nat versucht, sich herauszureden. Sie sagt, einen Ventilator kann sie so oder so gebrauchen. Wenn sie wieder aus La Escapa wegzieht, nimmt sie ihn mit. Píter sieht sie aus dem Augenwinkel an und gibt ihr zu verstehen, dass er ihr das nicht glaubt.

»Und was machst du hier? Willst du alles, was in dem Haus kaputt ist, selbst reparieren?«

Nat schüttelt den Kopf.

»Nein, ich brauche Sachen für den Garten.«

»Du willst einen richtigen Garten anlegen, Gemüse anbauen?«

»Na ja, nur was Einfaches … Paprika und Auberginen sind angeblich unkompliziert. Ich will's wenigstens versuchen.«

Píter nimmt sie am Arm und kommt näher an sie heran.

»Kauf hier mal lieber nichts«, flüstert er.

Dann sagt er, er könne ihr Werkzeug leihen, alles, was sie braucht. Und er sagt, den Plan mit dem Gemüsegarten solle sie vielleicht doch besser aufgeben. Auf ihrem Grundstück sei schon seit Jahren nichts mehr angebaut worden, die Erde sei völlig unfruchtbar. Wenn sie die in einen halbwegs brauchbaren Zustand versetzen wolle, bedeute das tagelange harte Arbeit, abgesehen davon, dass sie eine gehörige Stange Geld für Düngemittel werde aufwenden müssen. Sollte sie trotzdem darauf beharren – der Ausdruck fällt Nat auf: beharren –, könne er ihr helfen, aber zuraten könne er ihr definitiv nicht. Píter redet mit sanfter Stimme auf sie ein, trotzdem strahlen seine Worte eine Sicherheit aus, der sich nichts entgegenhalten lässt, die Sicherheit des Kenners und Fachmanns. Nat nickt und wartet, bis er seinen Einkauf beendet hat. Kabel, Adapter, Schrauben, eine Zange – alles hochprofessionell, alles sehr spezifisch, aufs Geratewohl zugreifen wie sie kommt ihm nicht in den Sinn.

Draußen auf der Straße geht Píter mit sportlichem Gang neben ihr her, sehr aufrecht und dennoch beweglich. Im Vergleich zu den anderen, die hier unterwegs sind, sind seine Bewegungen von unerhörter Eleganz. Nat erfüllt es mit Stolz, seine Begleiterin zu sein – als wäre ihre Anwesenheit an diesem Ort auf einmal vollkommen gerechtfertigt. Der Zauber verfliegt, als Píter auf die großen Glasfenster des Rathauses deutet.

»Sind die nicht schön? Die habe ich gemacht.«

Nat findet, dass sie überhaupt nicht zu der Ziegelfassade des Gebäudes passen, sagt aber genau das Gegenteil: Es sei toll, wie sie sich ins Ganze einfügen würden. Píter sieht sie wohlwollend an. Genau, sagt er, eben darauf komme es ihm bei seiner Arbeit an – dass die Dinge eine harmonische Verbindung mit dem eingehen, was schon da ist.

»Es gibt bestimmt hübschere Orte auf der Welt als Petacas, das sollte einen aber nicht daran hindern, so viel wie möglich dafür zu tun, dass die eigene Umgebung schöner wird, findest du nicht?«

»Das heißt, du bist …?« Nat weiß nicht genau, wie man jemanden nennt, der Glasfenster anfertigt.

»Glaser? Ja. Na gut, nicht einfach nur Glaser. Man könnte sagen, ich arbeite künstlerisch mit Glas und Farbe. Also jedenfalls begnüge ich mich nicht damit, Glas in Fensterrahmen zu montieren …«

»Klar.« Nat lächelt.

In einer Kneipe am Marktplatz trinken sie ein Bier. Es ist eiskalt, Nat schmeckt es gut. Píter sieht sie aufmerksam an – ein bisschen zu aufmerksam, sagt sich Nat –, aber sein sanfter Blick mildert den unguten Eindruck. Sie kommen wieder auf den Vermieter zu sprechen – den dreisten Kerl, wie Píter sagt –, dann auf das Werkzeug und das unbrauchbare Gelände. Píter sagt noch einmal, er könne ihr alles Nötige leihen. Sie brauche das Grundstück bloß gründlich zu säubern und Platz für einen kleinen Tisch und zwei Liegestühle schaffen. Anschließend könne sie ein paar Oleanderbüsche und Yuccapalmen anpflanzen, oder Kakteen und andere an das strenge Klima angepasste Sukkulenten. Gleich bei Petacas gebe es ein riesiges, sehr billiges Gartencenter, sie könnten irgendwann mal zusammen dorthin fahren, wenn sie möchte. Von Gemüseanbau ist längst keine Rede mehr. Nat kommt ihrerseits auch nicht darauf zurück.

Die nächsten Tage widmet sie dem Außenbereich des Hauses. Um der Hitze zu entgehen, steht sie früh auf. Trotzdem läuft der Schweiß nur so an ihr hinab, und das Gefühl, schmutzig und ungewaschen zu sein, verlässt sie den ganzen Tag über nicht. Sie schrubbt die Veranda, kratzt und schmirgelt den Holzboden und die Balken der Pergola ab, ölt alles ein, stutzt die halbverdorrten überschüssigen Zweige, jätet Unkraut und füllt Müllsack um Müllsack – mit Papierresten, Laub, Eisen- und Plastikteilen, leeren Dosen, noch mehr abgestorbenen Zweigen. Am Ende hat sie eine gar nicht so kleine Freifläche mit rissigem Boden vor sich. Würde das Haus ihr gehören, sagt sie sich, würde sie jetzt Rasen säen, und vielleicht auch die von Píter empfohlenen Oleanderbüsche pflanzen, als natürlichen Sichtschutz, um unerwünschte Zuschauer auf Abstand zu halten. Aber das ist natürlich Quatsch, das Haus gehört ihr nun mal nicht, also wird sie auch nicht umsonst so viel Arbeit dafür aufwenden.

Eines Morgens streckt die Romafrau vom Ortsrand den Kopf herein und fragt, ob sie an Blumentöpfen interessiert ist.

»Ich hab'n ganzen Haufen davon«, sagt sie.

Für sehr wenig Geld verkauft sie Nat eine große Menge. Alle sind alt und gebraucht, aber Nat stört sich nicht an den abgestoßenen Stellen an den Keramik- und dem Moos an den Tontöpfen. Zwei riesige Krüge sind auch dabei. Nachdem Nat sie ordentlich abgeschrubbt hat, sehen sie prächtig aus. Da sie ziemlich schwer sind, hilft ihr der Mann, der in Begleitung von zweien seiner drei Kinder inzwischen ebenfalls aufgetaucht ist, sie ins Haus zu tragen. Nat mag diese Familie. Sie veranstalten einen ziemlichen Lärm, sind stets guter Dinge und jammern nicht den ganzen Tag herum wie etwa das Mädchen aus dem Laden. Die Kinder streicheln Sieso, und der wedelt zum ersten Mal mit dem Schwanz und dreht sich wie aus einem plötzlichen Spieltrieb um sich selbst.

»Jetzt brauchst du bloß noch Schösslinge sammeln, dann hast du deinen Garten ganz schnell«, sagt der Mann zum Abschied. »Von wegen zur Gärtnerei fahren, das ist völlig unnötig.«

Er hat recht. Nat macht sich bei den umliegenden, zum Großteil leerstehenden Häusern auf die Suche, nimmt Zweige, die über die Grundstücksmauern hinausragen – den Verlust werden die Besitzer nicht mal bemerken. Als sie Píter davon erzählt, zeigt sich der jedoch verärgert. Was soll das? Er hatte doch gesagt, dass es in der Nähe eine sehr billige Gärtnerei gibt. Schösslinge hätte auch er ihr geben können, jede Menge, sogar richtige Pflanzen. So oder so schenkt er ihr einen stämmigen Kaktus, an dem sich bereits mehrere kleine pinkfarbene Blüten zeigen. Nat stellt ihn ein wenig widerwillig neben die Tür. Ein beeindruckendes Exemplar, das durch seine bloße Anwesenheit die gesamte Aufmerksamkeit auf sich zieht.

Die Veränderung ist nicht zu bestreiten. Die Schösslinge wachsen gut an und werden täglich größer. Roberta, die alte Frau aus dem kleinen gelben Haus, kommt vorbei und gratuliert Nat überschwänglich. Nat fühlt sich sogleich von ihr angezogen. Warum hat das Mädchen aus dem Laden sie als Hexe bezeichnet? Wenn etwas an dieser Frau auffällt, dann ihre Sanftheit. Als junge Frau muss sie sehr hübsch gewesen sein. Ihrer eleganten Nase und dem Mund sieht man das auch noch an, am auffälligsten sind jedoch ihre durchdringenden dunklen und warmen Augen. Das sehr weiße und feine Haar liegt wie flauschiger Nebel auf ihrem Kopf. Sie kann Nats Bemühungen gar nicht genug loben. Seit ihrer Ankunft, sagt sie, habe sich alles so sehr verändert, und Veränderungen, egal welcher Art, seien immer gut.

»Wasser, das sich nicht bewegt, wird faulig«, sagt sie augenzwinkernd.

Nat begreift, dass Roberta glaubt, sie habe das Haus gekauft. Recht hat sie, sagt sie sich, niemand, der auch nur halbwegs bei Verstand ist, würde wegen einer gemieteten Bruchbude einen derartigen Aufwand treiben.

Das sieht selbst eine verrückte Alte.

Liegt es an der Hitze, an der Einsamkeit, am fehlenden Vertrauen, an der Angst vor dem Scheitern? Die Wörter, die ein anderer Mensch vor ihr aufgeschrieben hat, sorgfältig ausgewählte, anderen möglichen vorgezogene, auf einzigartige, eine unendliche Anzahl weiterer Kombinationen verwerfende Weise angeordnete Wörter drängen sich ihr auf. Wenn sie ihre Sache gut machen will – und das will sie –, muss sie all diese Entscheidungen abwägen. Dieser Gedanke raubt ihr jedoch die letzte Kraft, lähmt sie. Wenn sie der Sprache mit solcher Bewusstheit auf den Grund geht, bringt sie sie um ihren Sinn. Jedes Wort wird dann zum Feind, und alles Übersetzen nimmt die Gestalt eines Duells mit dem – in jeder Hinsicht überlegenen – Vorläufer ihres eigenen Textes an. Es ist zum Verzweifeln, wie langsam sie mit der Arbeit vorankommt. Liegt es an der Hitze, an der Einsamkeit, am fehlenden Vertrauen, an der Angst? Oder liegt es schlichtweg – und müsste sie es nicht zugeben? – an ihrer Unfähigkeit, ihrem mangelnden Geschick?

Mit Sieso laufen die Dinge auch nicht so wie erwartet. Er weigert sich, das Haus zu betreten, kommt und geht, wie es ihm passt, hält sich an keine Regel. Es ist offensichtlich, dass er wegen irgendeines Traumas geschlossenen Räumen nicht recht traut. Dennoch begreift Nat nicht, warum er auch ihr nicht traut, obwohl er inzwischen schon so lange an ihrer Seite ist. Sie weiß noch, wie er mit den Kindern der Romafamilie gespielt hat, und versucht, ihn so zu kraulen wie sie – hinter den Ohren, an den Flanken. Doch der Hund verhält sich abwehrend und läuft mit sichtlichem Unbehagen davon.

Seit einiger Zeit beginnt regelmäßig gegen zwei oder drei Uhr nachts ein Konzert aus Bellen und Jaulen, als ob alle Hunde von La Escapa, ja im Umkreis von mehreren Kilometern plötzlich durchdrehen, sich gegenseitig herausfordern würden. Nat fragt sich, woher all diese so verzweifelten und aggressiven Hunde kommen mögen. Mit den friedlich vor sich hin dösenden oder schnüffelnden Hunden, denen sie tagsüber begegnet, scheinen sie nichts zu tun zu haben. Und falls doch, wie kommt es dann zu dieser nächtlichen Verwandlung? Warum werden die harmlosen Köter unversehens zu rasenden Bestien? Und was, wenn auch Sieso ihrem schlechten Beispiel folgt? Aus Furcht, er könne weglaufen, beschließt sie, ihn an einem Pfosten festzubinden. Vielleicht ist ihre Angst ja übertrieben oder unangebracht – das jedenfalls sagt sie sich jeden Morgen –, sobald es Abend wird, ist die Angst jedoch wieder da, ganz real und unbestreitbar.

Dass sie so weit gehen würde, Sieso anzubinden, hätte sie sich niemals vorstellen können, aber sie weiß sich nicht anders zu helfen. Wenn sie früher irgendwo einen angebundenen Hund gesehen hat, schien ihr das unglaublich grausam, und sie gab alle Schuld dem Besitzer des Tiers. Jetzt macht sie genau das Gleiche, vielleicht sogar aus den gleichen Gründen. Zur Selbstrechtfertigung verspricht sie sich, dass es nur eine vorläufige Maßnahme ist, dass sie ihn wieder frei herumlaufen lassen wird, wenn sich zwischen ihnen mehr Verbundenheit eingestellt hat, und dass er dann bei ihr im Haus übernachten wird, um ihr Gesellschaft zu leisten.

Píter bezweifelt jedoch, dass Sieso sich jemals ändern wird. Jedes Mal, wenn er bei ihr vorbeischaut, blickt er den Hund abschätzig an und sagt, was sie da mache, sei der Mühe nicht wert – dieses Tier sei nun mal von Grund auf verdorben. Er besteht darauf, dass sie ihn zurückgeben soll. Je mehr Zeit sie verstreichen lasse, desto schwieriger werde es. Ob sie nicht endlich auf ihn hören wolle? Nat sagt sich, dass Píter, im Widerspruch zu seinem friedlichen Äußeren und auch zu seinem Spitznamen, ständig auf Streit aus ist, wenigstens wenn es um ihren Vermieter geht, sie gegen ihn aufstachelt. Nicht nur wegen der Sache mit dem Ventilator – auf die er immer wieder zurückkommt –, auch wegen der Mängel am Haus, vor allem aber wegen des Hundes. Wenn der Vermieter jedoch tatsächlich so ein Unmensch ist, denkt Nat, was soll man dann von Sieso erwarten, der mit ihm zusammenleben und dabei wer weiß was für schlimme Dinge durchmachen musste? Píter hat ihr ja selbst erzählt, wie dieser Mann mit seinen Tieren umgeht: Er benutzt sie eine Weile für seine Zwecke und setzt sie dann wieder aus. Wenn Sieso schon als junger Hund bei ihm gewesen ist, hat er immer wieder erlebt, dass mit den anderen genau so verfahren wurde.

Nat hat die Möglichkeit, daran etwas zu ändern, die Entwicklung umzukehren, und eben weil diese Möglichkeit besteht und sie es in der Hand hat, weigert sie sich, aufzugeben.

Eines Morgens beschließt sie, mit Sieso zum Tierarzt nach Petacas zu fahren. Sie trifft die Entscheidung spontan, so leicht wie gedacht geht es jedoch nicht. Sieso weigert sich, ins Auto zu steigen, er läuft hin und her und beobachtet sie misstrauisch aus dem Augenwinkel. Irgendwann gelingt es ihr, ihn mit einem Stück Speck anzulocken, und als er einen Moment nicht aufpasst, packt sie ihn und schiebt ihn hinein. Während sie beruhigend auf ihn einflüstert, hebt sie ihn auf eine Decke auf der Rückbank. Mit seltsam steifen Beinen und Panik im Blick bleibt Sieso liegen. Er winselt leise und rührt sich nicht. Unterwegs betrachtet Nat ihn über den Rückspiegel. Mit gesenktem Kopf und gesträubtem Fell hechelt er vor sich hin, die Pfoten weiterhin reglos ausgestreckt, der Speck neben ihm unberührt. Er hat offensichtlich Angst und sie Mitleid, gleichzeitig oder vielmehr: vor allem will sie die Sache aber so schnell wie möglich hinter sich bringen.

Die Praxis befindet sich am Ortsrand, in einer Sackgasse. Es ist niemand da, vor ihr wartet kein Mensch. Davon abgesehen gibt es gar kein Wartezimmer. Der Arzt, offensichtlich ist er nicht von hier, macht ein genervtes Gesicht, als würde sie stören oder ihn bei etwas Wichtigem unterbrechen. Er streift sich Einweghandschuhe über und fragt, wie der Hund heiße. »Sieso«, sagt sie verlegen. Als der Arzt erstaunt die eine Braue hochzieht, erklärt sie hastig, das sei nett und nur halb ernst gemeint, er bekomme schon noch einen richtigen Namen.

»Tiere verstehen keine Ironie«, sagt der Arzt. »Und ständig ihren Namen ändern tut ihnen nicht gut.«

Der Befund ist eindeutig. Sieso hat Milben im Ohr und Würmer im Darm. Dass er hinkt, kommt von einem schlecht verheilten Bruch eines Hinterbeins – vielleicht ist er angefahren worden. Außerdem ist er unterernährt und trägt keinen Chip.

Davon abgesehen, sagt der Arzt, während er sich die Hände wäscht, ist er noch jung, eigentlich hätte er ein besseres Leben verdient.

»Was ist mit den Papieren? Hat er alle Impfungen?«

»Weiß ich nicht, ich habe ihn so bekommen, ohne Papiere.«

Der Arzt sieht sie streng an.

»Können Sie das nicht trotzdem rausfinden?«

»Doch, ich denke schon.«

So seien die, die Leute auf dem Land, seufzt der Arzt. Niemand schere sich um irgendwelche Kontrollen. Roh, dickköpfig, und manchmal unfassbar grausam. Vor ein paar Tagen sei jemand mit einem Windhund gekommen – dem Tier hatten sie das Fell abgezogen. Da war er natürlich machtlos. Sie hat ja keine Ahnung, was es heißt, an einem Ort wie Petacas zu arbeiten. Als würde man gegen eine Wand rennen, sagt er, Tag für Tag. Nat hört zu und sagt kein Wort. Das Problem – ihr Problem – ist jetzt: Das wird teuer. Dem Hund einen Chip einsetzen und ihn von Ungeziefer befreien lassen und ihm künftig ordentliches Futter geben kostet viel mehr, als sie eingeplant hatte. Außerdem ist da noch die Sache mit den Impfungen. Aber so viel sie auch ausgeben muss, und selbst wenn es ein riesiges Loch in ihren Etat reißt, noch viel unangenehmer ist die Aussicht, sich an den Vermieter wenden zu müssen, das kostet sie die größte Überwindung.

Sie stellt Siesos Fressnapf in die Küche, damit er sich daran gewöhnt, ins Haus zu kommen. Manchmal gelingt es, dass er sich nach dem Fressen ein Weilchen neben ihr niederlässt. Allzu lange bleibt er nie, nie wirkt er wirklich entspannt, aber in Nats Augen ist es schon ein großer Fortschritt – dass sie ihn bei sich hat, in Reichweite. Wenn sie ihm mit der Hand über den Rücken streicht, kann sie die Unruhe, die ihn weiterhin beherrscht, durchs Fell hindurch spüren, sie kommt und geht, verschwindet aber nie ganz. Beim leisesten Geräusch, bei jeder ungewohnten Bewegung von ihr zuckt er zusammen und huscht blitzschnell davon. Anschließend muss sie sein Vertrauen neu gewinnen.

So geht es auch an diesem Morgen. Sie sieht, wie er sich anspannt, dann steht er schlagartig auf, winselt kurz und läuft aus dem Haus. Erst mehrere Sekunden später hört Nat den parkenden Jeep, dann näherkommende Schritte auf dem Kies. Der Vermieter – wie verabredet soll sie ihm die Miete bar aushändigen. Wie verabredet? Eigentlich, sagt Nat sich wütend, haben sie überhaupt nichts verabredet. Seiner Ansicht nach musste das so laufen, wenn sie wolle, dass er mit dem Preis runtergeht. Keine Überweisung und auch keine Bareinzahlung, hatte er angeordnet, aber ihr sei das doch sowieso egal, oder? Weil sie in dem Augenblick nicht diskutieren wollte, steht er jetzt in ihrem Haus. Er hat bloß einmal kurz angeklopft und ist gleich danach unaufgefordert eingetreten, er hat ihr nicht mal Zeit gegeben, ihm entgegenzugehen. Ein schiefes, ironisches Lächeln umspielt seine Lippen, als er sich umblickt und registriert, was sie inzwischen alles verändert hat. So ein mageres Kerlchen, sagt sich Nat, man könnte ihn glatt übersehen, und trotzdem in der Lage, binnen Sekunden das ganze Haus zu verseuchen. Sie holt das Geld für die Miete hervor, überreicht es ihm in einem Umschlag.

»Beim nächsten Mal geben Sie lieber vorher Bescheid«, sagt sie. »Hätte sein können, dass ich nicht da bin.«

»Macht doch nichts. Wenn du nicht da bist, komme ich eben wann anders wieder.«

Die Rechnungen hat er auch dabei. Die für Strom und Gas, die monatlich zu bezahlen sind, und die alle drei Monate fällige Wasserrechnung. Dass sie erst seit einem Monat hier ist, spielt keine Rolle. Vorher hat niemand in dem Haus gewohnt, erklärt er, darum geht die Wasserrechnung komplett zu ihren Lasten. Der Betrag ist völlig überzogen. Nats Hand, in der sie die Rechnung hält, zittert.

»Ich habe Ihnen doch gesagt, dass der Duschhahn tropft. Ich habe unmöglich so viel Wasser verbraucht.«

»Wie meinst du das? Soll *ich* es etwa bezahlen?«

»Ich meine bloß, dass ich nicht so viel Wasser verbraucht habe. Das liegt an dem Hahn.«

»Der Hahn kann dafür nichts, Kleine, *du* wohnst hier schließlich, oder? Dann hättest *du* ihn auch reparieren müssen.«

Hätte sie. Nat weiß, dass er nicht ganz im Unrecht ist, aber sie hat ihn gleich am ersten Tag darauf hingewiesen, und er hat nichts gemacht, besser gesagt, sein Lösungsvorschlag – dass er den Hahn selbst repariert – hat sie nicht überzeugt. Sie hätte natürlich jemand anderen fragen können. Píter, zum Beispiel, auch wenn der ihr dann wieder vorgeworfen hätte, dass sie sich so viel gefallen lässt. Oder sie hätte einfach einen Klempner kommen lassen können, wie jeder normale Mensch in dieser Situation. Wie auch immer, sie hat sich nicht weiter darum gekümmert. Irgendwann hat sie sich an das ständige Tropfen gewöhnt. Sie hat sich anderen Dingen gewidmet. Und jetzt hat sie die Bescherung.

Also gut, sagt sie. Wenn er einverstanden ist, zahlt sie die Rechnung zusammen mit der nächsten Monatsmiete. Der Vermieter brummt in sich hinein, bedankt sich mit keinem Wort für ihr Entgegenkommen. Ohne noch etwas zu sagen, zieht er schnaubend ab.

Erst nach einer Weile fällt Nat auf, dass sie weder die Sache mit Siesos Impfungen noch die mit dem Bett angesprochen hat, das sie loswerden möchte. Egal, sagt sie sich sofort, so wichtig ist das nicht. Bei der bloßen Vorstellung, länger als unbedingt nötig der Anwesenheit dieses Mannes ausgesetzt zu sein, wird sie so nervös, dass sie geradezu erleichtert ist, nichts gesagt zu haben. Sie wird das schon irgendwie allein hinkriegen.

Ein Klempner aus Petacas erklärt sich bereit, am Tag darauf nach La Escapa zu kommen. Am nächsten Morgen – sie ist noch gar nicht richtig wach – hört sie ein Geräusch aus dem Bad. Zunächst denkt sie, Sieso hat sich losgemacht und ist auf der Suche nach ihr hereingekommen, aber dann zieht sie sich hastig und mit wild klopfendem Herzen an, denn was sie da hört, sind keine Tier-, sondern Menschengeräusche: Schritte, jemand setzt eine Tasche ab, räuspert sich leise, dann wieder Schritte, auf den Fliesen. Wer ist da?, schreit Nat und wagt ängstlich einen Blick ins Bad. Als sie den Vermieter sieht, entfährt ihr der nächste Schrei. Zuerst vor Angst, dann vor Empörung, gleich darauf wieder vor Angst. »Was machen Sie da?«, schreit sie ein ums andere Mal, fast schon hysterisch.

Der Vermieter lacht, sagt, sie solle sich beruhigen.

»Ganz ruhig, Kleine, ich bin's, krieg dich wieder ein.«

Er sagt, er ist gekommen, um den Hahn zu reparieren. Das war schließlich nötig. Hat sie nicht gesagt, dass der Hahn repariert werden soll? Er hat gedacht, sie sei nicht zu Hause oder schlafe noch, denn als er kam, war nichts zu hören.

»Aber Sie können doch nicht einfach so reinkommen, ohne mir Bescheid zu sagen! Eigentlich dürften Sie nicht mal den Schlüssel haben! Wer hat Ihnen erlaubt, die Tür aufzumachen, nur weil es Ihnen gerade so passt?«

Wieder lacht der Mann.

»Jetzt spiel mal nicht die Paragraphenreiterin, Kleine. Ich hab doch gesagt, ich dachte, du bist nicht da.«

Dann erklärt er, dass er an dem Vormittag mehrere Sachen in La Escapa zu erledigen hat, da hat er die Gelegenheit genutzt und gleich bei ihr vorbeigeschaut. Er braucht sowieso bloß ein paar Minuten, sagt er, es ist ja nur eine winzige Reparatur, den Hahn hätte jeder reparieren können. Jeder Mann jedenfalls, fügt er hinzu, denn dass sie dazu nicht in der Lage war, ist ja offensichtlich. Nat schreit weiter, sie kann nicht anders. Mit vor Aufregung schriller Stimme wiederholt sie, er dürfe hier nicht einfach so reinkommen, und dass das keinesfalls noch einmal vorkommen darf. Der Vermieter presst die Lippen zusammen, sein Blick wird hart.

»Meinst du, ich vergewaltige dich gleich oder was?«

Er mustert sie verächtlich von oben bis unten. Dann wendet er sich der Wanne zu, bückt sich murmelnd, greift nach dem Werkzeug. Leise sagt er – aber Nat hört es genau –, dass er die Schnauze voll hat von den Frauen. Können den Hals nicht vollkriegen. Alle durchgeknallt, eine wie die andere. Immer noch fluchend, macht er sich wieder an die Arbeit. Nat steht wie versteinert in der Badezimmertür. Irgendwann geht sie raus auf die Veranda und wartet dort zitternd, bis er fertig ist.

»So«, verkündet der Vermieter nach einer Weile. »Siehst du? Ging doch flott.«

Er geht, ohne sich zu verabschieden.

Nat bleibt auf der Veranda, setzt sich auf den Boden und versucht, ihre Angst in Schach zu halten, nicht die Polizei oder Píter oder wen auch immer anzurufen, indem sie ihre Knie umarmt, bis die Erregung allmählich einer Art Ruhe weicht. Darüber vergisst sie, dem Klempner Bescheid zu sagen, ein paar Stunden später steht er vor ihr, und obwohl es nichts mehr zu reparieren gibt, stellt er ihr, so ist das nun mal, die Anfahrt in Rechnung.

»Ich hab einen anderen Kunden versetzt, nur um zu Ihnen zu kommen, und die Fahrt hier raus ist wirklich kein Vergnügen«, entschuldigt er sich.

Nat hat dem nichts entgegenzusetzen. Es stimmt, zum Vergnügen fährt niemand hier raus.

Zum Tierarzt sagt sie, Sieso sei noch nicht geimpft. Lieber lügt sie und geht das Risiko ein, ihn zweimal impfen zu lassen, bevor sie auch nur eine Sekunde länger als nötig mit dem Vermieter spricht. Jetzt heißt es also, das Portemonnaie zücken und die Angelegenheit so schnell wie möglich erledigen. Die Sache ist aber komplizierter als gedacht – komplizierter und grausamer. Als sie sich ihm mit der Spritze nähern, setzt Sieso sich unerwartet heftig zur Wehr. Nat bleibt nichts anderes übrig, als ihn festzuhalten, während der Arzt ihm einen Maulkorb anlegt. Nat erschrickt beim Anblick des Hundes, der rasend die Lefzen hochzieht und die Zähne fletscht. Sie fürchtet, dass das ein Rückschritt in ihrer Beziehung ist. Vielleicht vergisst Sieso ihren Verrat nie, die Tatsache, dass sie mitgeholfen hat, ihm Schmerz zuzufügen.

Sie kauft ein Geschirr, eine Leine, Plastikknochen, auf denen man herumbeißen kann, und eine Hundepfeife. Es wird nicht einfach sein, den liebevollen und ruhigen Hund aus ihm zu machen, den sie braucht, aber so schnell gibt sie nicht auf. Im Gegenteil, genau daran arbeitet sie ab sofort. Über die dabei erzielten Fortschritte, so gering sie sein mögen und so viel Mühe sie kosten, empfindet sie tiefe Befriedigung, als zeigte sich daran, indirekt, dass auch sie vorankommt.

Als sie Sieso zum ersten Mal ausführt, kostet sie das allerdings ungeheuer viel Kraft. Der Hund zieht ständig an der Leine, keucht, als würde er ersticken. Dann lässt er sich mitten auf dem Weg auf den Hinterbeinen nieder und weigert sich, weiterzugehen. Nat kehrt um, zerrt ihn hinter sich her, sie haben gerade einmal ein paar Meter zurückgelegt. In der Ferne sieht sie Píter vor ihrer Haustür stehen, er trägt eine Kiste. Als er sie bemerkt, stellt er die Ladung ab und betrachtet Nat mit in die Hüften gestemmten Händen.

»Ich habe noch nie jemanden gesehen, der so stur ist wie du. Dümmer kann man seine Energie nicht vergeuden. Wie kommst du auf die Idee, ihn anzuleinen? Hier läuft kein Hund an der Leine rum.«

»Ich wollte ihm bloß was beibringen. Das hat mir der Tierarzt geraten. Falls ich mit ihm mal anderswohin muss.«

»Wohin denn? Mit dem Tier wirst du überall Probleme haben.«

Píter bringt ihr Gemüse, das er gerade beim Deutschen gekauft hat. Für ihn allein ist es zu viel, erklärt er. Der Deutsche ist ein schlauer Fuchs, der verkauft seine Sachen immer nur so, in Riesenportionen, damit ihm nichts schlecht wird. Es gibt Radieschen, Zucchini, Gurken, Tomaten und eine Art

Knollen, die Nat nicht kennt. Der Deutsche?, fragt sie zerstreut, immer noch getroffen von Píters Bemerkungen. In ihrer Erinnerung zeichnet sich das Bild eines nicht besonders großen Mannes mit Brille, Schnurrbart und dunklem Teint ab, schlaksig und scheu, sie sind sich ein paarmal begegnet, er hat aber nie mehr als einen flüchtigen Gruß gemurmelt und ihr dabei nicht in die Augen gesehen.

»Danke«, sagt sie wenig begeistert. »Aber was soll ich mit all den Sachen?«

Ein Ratatouille kochen? Kalte Gemüsecreme? Grüne Lasagne? Es gibt tausend Sachen, die man daraus machen kann, erwidert Píter. Wie wär's, wenn sie aufhört, ihre Zeit mit dem Hund zu vertun, und stattdessen etwas für sie beide kocht? Er kann auch etwas beisteuern, ein Hauptgericht. Sie könnten bei ihm zu Abend essen, dann zeigt er ihr auch seine Werkstatt. Morgen. Was hält sie davon?

Nat sagt zu. Er hat sie schon so oft zu sich eingeladen, und jedes Mal hat sie ihn auf später vertröstet. Diesmal ist es jedoch anders. Es geht um eine richtige Einladung: essen, trinken, sich unterhalten und alles, was dazugehört. Nat ist nicht naiv, ihr ist klar, was sich hinter Píters Vorschlag verbergen könnte, und obwohl sich in ihrem Inneren noch Widerstand regt – leiser, aber hartnäckiger Widerwillen –, hat sie das Bedürfnis, einzulenken, nachzugeben. Seit der Vermieter so dreist bei ihr reingeplatzt ist, schläft sie schlecht, angespannt liegt sie im Bett und glaubt zu hören, dass sich der Schlüssel im Schloss dreht, die Tür aufgeht, Schritte näherkommen. Píter hat sie lieber nichts erzählt, sie weiß genau, was er sagen wird – dass sie den Mann sofort anzeigen soll. Er wird unnachgiebig sein und ihr ihre Passivität und Fahrlässigkeit vorwerfen. Darum sagt sie nichts, behält alles für sich. Es ist aber nicht einfach, ganz auf sich allein gestellt zu sein, es ist gut, einen Freund zu haben, sonst wird sie noch verrückt. Sie fragt sich, ob sie nur auf Freundschaft aus ist oder nicht auch auf Schutz und ob sie genau so erleichtert wäre – oder genau so unruhig –, wenn eine Frau sie eingeladen hätte. Eine Freundin wäre bestimmt auch hilfreich, an ihrem Gefühl der Hilflosigkeit würde sich jedoch kaum etwas ändern. Letztlich, sagt sie sich, gibt Píter ja von sich aus zu verstehen, dass er sie beschützen möchte. Sie braucht gar nichts zu tun, kann es einfach geschehen lassen, sie verlangt nichts, was er ihr nicht ohnehin geben möchte.

Píter wohnt im westlichen Teil von La Escapa, ungefähr zehn Minuten von Nat entfernt. In einem schönen Holzhaus mit Giebeldach, großen Fenstern und Blumenkästen. Im Innern ist es frisch und einladend, und die unzähligen Gegenstände, die es hier gibt, scheinen sich alle genau am richtigen Platz zu befinden und eine exakt festgelegte Funktion zu erfüllen. Als Nat die Diele durchquert, kommt die Hündin auf sie zu, um an dem Tablett zu schnuppern, das sie in den Händen hält.

»Zucchini mit Fleischfüllung«, verkündet sie.

Píter lacht laut, nimmt sie am Arm und führt sie in die Küche. Dort steht auf der Anrichte ein ähnliches Tablett mit dem gleichen Gericht. Jetzt lachen beide, und die Hündin schiebt sich schwanzwedelnd zwischen sie, sie will gestreichelt werden. Von irgendwoher erklingt *My funny Valentine*, vielleicht in der Fassung von Chet Baker, aber Nat fragt nicht nach – Fragen dieser Art stellt sie nie. Píter gießt ihr ein Glas Wein ein und geht mit ihr in den Keller, um ihr die Werkstatt zu zeigen. Auch hier ist alles ordentlich aufgeräumt, um nicht zu sagen: zur Schau gestellt – Schablonen und Zeichnungen, nach Farben geordnete und auf Körbe und Kisten verteilte Glasstücke, an der Wand hängendes Werkzeug, ein großer

Arbeitstisch mit einem halbfertigen Fenster und mehrere von der Decke baumelnde Lötkolben. Lieber würde Nat sich allein umsehen, aber sie lauscht höflich Píters Ausführungen, der ihr Schritt für Schritt den Herstellungsprozess der Glasfenster auseinandersetzt. Ein handgefertigtes Fenster tut jedem Haus gut, sagt er, selbst wenn es nur etwas ganz Einfaches und Bescheidenes ist. Anspruchsvollere Aufträge, womöglich von irgendwelchen Institutionen, übernimmt er natürlich auch, ansonsten arbeitet er aber lieber im kleinen Maßstab, für normale Leute. Nat tritt an den Tisch, um das in Arbeit befindliche Fenster in Augenschein zu nehmen. Um einen dicht belaubten Baum herum tanzen Lämmer und Tauben. Die Anordnung der Blätter in unterschiedlichen Grüntönen wirkt ein wenig beliebig, irgendwie nicht ganz stimmig. Nat weiß nicht recht, ob es ihr gefällt. Von nahem betrachtet macht das Ganze einen wenig originellen, ja geradezu unbeholfenen Eindruck.

»Für diese Serie habe ich mich von Chagall inspirieren lassen. Von den Fenstern, die er für die Synagoge des Hadassah-Krankenhauses in Jerusalem entworfen hat, ich nehme an, du kennst das, die sind ja sehr berühmt …«

Nat hat keine Ahnung, wovon er spricht, nickt aber, als wüsste sie Bescheid. Dann wendet sie sich der Wand zu, an der mehrere bereits fertige Arbeiten derselben Serie lehnen. Die sind für eine Bibliothek, erklärt Píter, darum haben sie Versinschriften von Pablo Neruda, Mario Benedetti, Wisława Szymborska. Nat liest sie langsam und fragt dann:

»Und kannst du davon leben?«

Sie bereut ihre Worte sofort. Diese Art verfängliche Fragen hasst sie ja selbst. Píter scheint sich jedoch nicht daran zu stören, im Gegenteil, mit fröhlichem Stolz verkündet er:

»Na klar.«

Er hat sehr geringe Materialkosten, sagt er. Der Großteil des von ihm verwendeten Glases ist recycelt. Die wertvollsten Stücke findet er, ja, wirklich, im Müll. Man sollte überhaupt versuchen, mit möglichst wenig auszukommen, verkündet er. Sein Motto lautet: Nichts wegwerfen, immer aus allem das Beste herausholen, die Erde wertschätzen, so wenig verbrauchen wie möglich und umso tiefer in die Dinge eindringen.

»Ich habe das Gefühl, in der Hinsicht sind wir uns ziemlich ähnlich«, sagt er, und Nat verspürt sofort ein unbehagliches Kribbeln.

Beim Essen schwindet ihr Misstrauen jedoch. Vielleicht liegt es am Wein, vielleicht aber auch daran, dass Píter so aufmerksam und freundlich ist, ja sogar einfallsreich und lustig, er bringt sie zum Lachen, wie sie schon lange nicht mehr gelacht hat. Und doch, beim gemeinsamen Abdecken und während er anschließend noch eine Flasche Wein entkorkt, betrachtet sie ihn aus dem Augenwinkel, und wieder ist da etwas an ihm, das ihr nicht gefällt, etwas, das sie zurückweichen lässt. Mit seinem Aussehen hat es nichts zu tun. Im Gegenteil, er ist attraktiv und kräftig, gut gebaut, unbestreitbar geht von seinem Körper eine erotische Wirkung aus. Andererseits ist nicht zu übersehen, wie sehr er sich bemüht, zu gefallen: Er ist charmant, ein guter Nachbar, kennt sich mit Büchern, Musik und Filmen aus, mit allem, was man in bestimmten Kreisen wohl interessant findet – den Kreisen, aus denen sie kommt. Also? Nat fragt sich, warum er allein lebt, warum er noch keine Frau erwähnt hat. Ob er homosexuell ist? Dann nimmt sie das Glas, das er ihr hinhält, und lächelt, zwingt sich, ihre Vorurteile wegzuwischen.

Sie gehen in den Garten hinaus, um den Sternenhimmel zu betrachten. Es ist eine klare Nacht, riesig und makellos hebt sich die Milchstraße von der Dunkelheit ab. In das nächtliche Licht getaucht schimmern die Grasspitzen, bewegen sich sacht im Wind. Leise hechelnd lässt sich die Hündin neben ihnen nieder, schön und majestätisch, obwohl sie schon so alt ist. Schweigend blicken sie zum Himmel hinauf. »Wirklich schön«, murmelt Nat irgendwann und denkt im selben Augenblick verwirrt: »Meine Tage.« Falls es so weit kommen sollte, kann sie einfach zu ihm sagen, dass sie ihre Tage hat.

Píter wendet sich ihr zu und lächelt sie mit forschender Miene an.

»Darf ich dich was fragen?«

»Klar.«

»Warum bist du nach La Escapa gekommen?«

Nat zögert. Hat sie dazu etwa noch nichts gesagt? Warum gehen alle davon aus, dass es dafür einen geheimen Grund gibt? Wortlos leert sie ihr Glas. Píter bittet um Entschuldigung. Er wollte nicht aufdringlich sein, sagt er. Wenn sie nicht möchte, braucht sie natürlich nichts zu sagen, aber falls doch, soll sie wissen, dass er nur zu gerne ihre Geschichte hören würde.

»Ich habe meinen Job gekündigt«, sagt Nat schließlich. »Ich hab's nicht mehr ausgehalten.«

»Was für eine Arbeit war das denn?«

Nat kapselt sich ab. Sie will nicht in die Details gehen. Ein Bürojob, sagt sie. Wirtschaftsübersetzungen, Korrespondenz mit ausländischen Kunden, und so. Nicht schlecht bezahlt, aber mit dem, was sie wirklich interessiert, hatte es nichts zu tun. Píter zündet sich eine Zigarette an, kneift beim ersten Zug die Augen zu.

»Du bist ganz schön mutig.«

»Warum?«

»Niemand gibt heutzutage freiwillig seinen Job auf.«

Das Lob stört Nat. Unter anderen Umständen hätte sie es angenommen, aber aus Píters Mund hört es sich vergiftet an und reizt sie zum Widerspruch. Vielleicht, sagt sie sich, liegt es auch am Alkohol, der sie die Dinge verzerrt wahrnehmen lässt. Nein, sie ist nicht mutig, erwidert sie. Sie hat nicht von sich aus gekündigt. Nicht ganz. Ob er die wahre Geschichte hören will? Píter beugt sich zu ihr vor. Natürlich.

Sie hat was geklaut. Nicht aus der Not heraus, einfach so, aus einem plötzlichen Antrieb. Was genau sie dazu verleitet hat, versteht sie bis heute nicht. Es war keine Kampfansage, nichts Politisches, und Habgier erst recht nicht. Der Gegenstand, um den es ging, lag da, im Büro, und sie hat ihn einfach eingesteckt. Eine ziemlich wertvolle Sache, die einem Teilhaber der Firma gehörte. Genauer gesagt, seiner Frau, sie hatte ihn bei einem Besuch dort vergessen. Den Gegenstand etwas später wieder zurückzugeben erwies sich als schwierig. So gerne sie gewollt hätte – und natürlich wollte sie –, die Ordnung war aus den Fugen geraten, ließ sich nicht so einfach wiederherstellen. Sie konnte das Gestohlene zurückgeben, aber nicht ohne Konsequenzen. Also hielt sie lieber still. Irgendwann kamen sie ihr trotzdem drauf. Man befragte sie vertraulich, man verhielt sich diskret. Bis dahin war sie eine gute Angestellte gewesen, professionell und zuverlässig. Darum fragten sie auch nur nach ihren Beweggründen. Sie konnte nichts dazu sagen. »Na gut«, erklärten sie, »manchmal macht man eben was und weiß selbst nicht, warum, stimmt's?« So viel Entgegenkommen machte sie misstrauisch. Sie konnte nicht glauben, dass man es bei einer simplen Ermahnung bewenden ließ. Vielleicht hatte sich jemand für sie eingesetzt. Jemand, der ihr später zu verstehen geben würde, dass sie ihm etwas schuldig war. Ihr Freispruch hatte eben doch einen Preis, und sie war sich nicht sicher, ob sie bereit war, ihn zu bezahlen. In jedem Fall wollte sie an keinem Ort bleiben, an dem man sie künftig von oben herab ansehen würde, im Wissen, dass sie etwas zu verschweigen und es nur der Großmut und dem Mitleid ihrer Vorgesetzten zu verdanken hatte, dass sie weiterhin dort arbeiten durfte, und das unter den neuen Bedingungen eines ungeschriebenen Vertrags.

Píter hört aufmerksam zu und nickt. Als Nat fertig erzählt hat, fällt ihm jedoch nichts anderes ein, als sein Lob von vorhin zu wiederholen: Sie ist mutig, egal, was sie sagt, es gehört eine Menge Mut dazu, um alle Brücken hinter sich abzubrechen. Jemand anders hätte klein beigegeben und den Kopf eingezogen, da ist er sich sicher. Sie braucht sich nicht schuldig zu fühlen. Manche Fehler erweisen sich später als richtige Entscheidung, leiten einen Wandel ein, ja, können geradezu eine Offenbarung sein. Ist es denn kein Erfolg, dass sie jetzt hier ist und ein neues Leben anfängt?

Sie stoßen an und trinken, aber trotzdem hat sich ein Schatten über das Treffen gelegt, etwas Ungutes verdirbt die Stimmung. Ein neues Leben, denkt Nat, und schämt sich. Alles, was sie erzählt hat, ist wahr. Und dennoch, durch die Art, wie sie davon erzählt hat – die Wortwahl, der Tonfall, die Auslassungen und Umschreibungen –, hat es einen Schimmer der Unwahrheit angenommen, der sie anwidert. Ihr Bedürfnis, sich zu rechtfertigen, ist wirklich jämmerlich.

Píter merkt, dass ihre Stimmung sich verdüstert, und wechselt freundlicherweise das Thema. Er erkundigt sich nach ihrer derzeitigen Arbeit, nach der Übersetzung. Das ist ihr erster Auftrag, erklärt sie. Die erste literarische Übersetzung, fügt sie hinzu, so etwas hat sie noch nie gemacht. Wenn man so will, wird sie auf die Probe gestellt. Der Verlag, der sie beauftragt hat, vertraut auf ihre Fähigkeiten, aber was die

Schwierigkeit angeht, ist es ein großer Sprung, auf jeden Fall. Wirtschaftsübersetzungen sind reine Routinesachen, doch das hier ... also, das zielt aufs Wesentliche, auf den Kern der Sprache.

Theoretische Erörterungen interessieren Píter nicht so sehr, er möchte lieber etwas über das Buch selbst erfahren. Worum geht es?, fragt er. Ist es ein Roman oder ein Sachbuch oder was? Worum es geht, lässt sich nicht erklären, sagt Nat. Es gibt keine Handlung, die entfaltet wird und die man in einem oder zwei Sätzen zusammenfassen könnte. Es sind ganz kurze Theaterstücke, eigentlich nur Skizzen, mit einem philosophischen Grundton. Die Autorin hat sie nicht in ihrer Muttersprache verfasst, sondern in der Sprache des Landes, wo sie im Exil lebte, ihre Sprache ist also ziemlich rudimentär, ja fast flach. Anfangs hat Nat geglaubt, für die Übersetzung sei das von Vorteil, aber allmählich merkt sie, dass das die Sache im Gegenteil umso schwieriger macht. Sie muss jetzt jedes Mal, wenn ein ungewöhnliches oder zweideutiges Wort auftaucht, darüber grübeln, ob dem ein Versehen zugrunde liegt – weil die Autorin die Sprache nicht genügend beherrscht –, oder eine bewusste, wohlüberlegte Entscheidung, um eine bestimmte Wirkung zu erzielen. Abschließend herauskriegen kann man das nicht.

»Kannst du die Autorin nicht selbst fragen?«

Nat schüttelt verdrossen den Kopf. Die Frau ist tot, was vielleicht auch besser ist, so muss sie nicht mitansehen, wie sie, Nat, ihren Text verunstaltet ...

Píter lächelt und betrachtet wieder den Himmel. Ein schöner Beruf, sagt er, das Übersetzen. Interessant und nützlich, fügt er hinzu. Notwendig. Er stellt sein Glas ab und wischt der Hündin mit einer Serviette den Sabber von der Schnauze. Das Tier lässt es widerstandslos geschehen, sein Gleichmut –

und Píters ganze Art – sind in Nats Augen Zeichen von großem Feingefühl, allerdings hat dieses Feingefühl auch etwas Künstliches, Aufgesetztes. Sieso würde sich niemals auf diese Weise von ihr säubern lassen. Vielleicht führt Píter es genau deswegen an seiner Hündin vor – um zu unterstreichen, wie verschieden die beiden Tiere sind. Als er fertig ist, schenkt er ihr nach. Nat sagt sich halbbewusst: Er will mich betrunken machen. Vor ihrem inneren Auge taucht ein Wort auf: *So.* Und dann ein ganzer Satz: *So beginnt die Maskerade.*

Warum erzählt Píter nichts von sich selbst? Warum beschränkt er sich darauf, sie auszufragen, ihr Dinge zu entlocken? Woher nimmt er die Berechtigung, ihr Ratschläge zu erteilen? Besser, sie geht jetzt, sagt sie sich, aber als sie aufsteht, merkt sie, wie beschwipst sie ist. Schwankend versucht sie ihren Zustand zu überspielen und lässt sich von Píter den Weg zum Bad zeigen, wo sie eine ganze Weile bleibt, bis sich die Wirkung des Alkohols ein wenig verflüchtigt.

Als Píter anbietet, sie nach Hause zu bringen, ist es schon sehr spät. Er begleitet sie bis vor ihre Tür, fragt, ob alles in Ordnung ist. Nat nickt und bedankt sich. Er streicht ihr sanft über die Wange, wünscht eine gute Nacht – »Ruh dich aus!«, sagt er –, und das war's. Nat ist überrascht, ja enttäuscht. Wollte er sie nicht küssen? Oder es wenigstens versuchen? Wollte er nicht mit ihr ins Bett gehen? Ist das nicht das Vorhersehbare, erwartet man nicht genau das von einem Mann? Wozu Sam Cooke und Miles Davis, wozu der ganze Wein und die Milchstraße? Da hat sie sich ihre Ausrede ja ganz umsonst zurechtgelegt. Aber hätte sie es denn anders haben wollen? Nein, auf keinen Fall. So aber auch nicht – nicht das Stolpern beim Reinkommen, das unsichere Vorwärtstasten, nicht den Schwindel und nicht die völlige Einsamkeit in dem verschlossenen Haus. Taumelnd steuert Nat ihr Bett an. Da hört sie etwas, im Dunkeln nähert sich ein Geräusch. Fast setzt ihr Herz aus, aber dann spürt sie, dass Sieso ihre Hand leckt, deren Zittern sie nicht unterdrücken kann. Zum ersten Mal zeigt der Hund ihr seine Zuneigung, nimmt sie in Empfang. Gerührt geht sie vor ihm in die Hocke und redet weinend auf ihn ein.

»Du hast mich erschreckt!«

Sie schließt ihn in die Arme. Das raue Fell dringt ihr in Nase und Augen, aber trotzdem umschlingt sie ihn so fest, dass Sieso am Ende knurrend davonspringt.

Seit diesem Abend wird ihre Beziehung zu Píter immer enger. Dass sie ihm bestimmte Dinge anvertraut hat, bringt Nat in eine unvorteilhafte Lage, allzu große Sorgen macht sie sich deswegen aber nicht, schließlich hat sie ihm nicht alles erzählt, von wegen. In jedem Fall hat sich sein Verhalten auf ihre Vertraulichkeiten hin nicht verändert, im Gegenteil, er ist jetzt noch freundlicher, ja geradezu liebevoll zu ihr. Den ganzen Tag über schicken sie sich Nachrichten, oft besucht Nat ihn auch zu Hause, extra einzuladen braucht er sie nicht mehr, sie kommt einfach, wenn sie Lust hat oder sich langweilt. Dabei überlässt sie es ihrer Intuition, ob sie ihm Dinge mitteilt, die sie womöglich in einem ungünstigen Licht erscheinen lassen. Von den so langsamen Fortschritten Siesos zum Beispiel erzählt sie nichts, ebenso wenig von ihrer Angst vor dem Vermieter, wozu auch? Píters Neigung, sich in alles einzumischen, seine Art, Ratschläge zu erteilen, vorgetragen mit der vermeintlichen Stimme der Erfahrung – weil er ein Mann und weil er älter ist und weil er schon länger in La Escapa lebt und mit den Leuten befreundet ist, die Nat gerade einmal beim Namen kennt –, all das schließt eine Freundschaft mit ihm nicht aus, so schlimm ist es nicht.

Was bei dem Abendessen deutlich geworden ist – dass keine sexuelle Anziehung zwischen ihnen besteht –, trägt merkwürdigerweise dazu bei, dass sie sich näherkommen. Und dennoch hat Píters Gleichgültigkeit bei Nat die Alarmglocken läuten lassen, sie nimmt sie als Anzeichen, dass sie dabei ist, eine Macht zu verlieren, über die sie bis dahin unbewusst verfügt hat. Es ist wie mit dem Geld, sagt sie sich, auch das erotische Kapital schmilzt im Lauf der Zeit zusammen, man merkt es erst, wenn es verschwunden ist. Mitleidlos mustert sie sich im Spiegel, um abzuschätzen, woran es liegen könnte. Seitdem sie in La Escapa wohnt, ist sie nachlässig geworden, das stimmt. Ihr Haar ist ungepflegt und spröde, die Arbeitskleidung macht sie nicht gerade attraktiv, und von den vielen Stunden in der Sonne ist ihre Haut weniger braun als rötlich und trocken geworden. Aber da muss noch etwas anderes sein. Etwas, das mit dem Alter und der Schwere – mehr noch als mit dem Vergehen – der Zeit zu tun hat.

Lieber denkt sie nicht weiter darüber nach und schiebt die Idee wie so vieles andere beiseite, schickt sie in Quarantäne.

Manchmal hat sie das Gefühl, der Vermieter sei in ihrer Abwesenheit schon wieder im Haus gewesen, den Schlüssel hat er ja. Sie kann es an nichts Objektivem festmachen, alles ist unverändert an seinem Platz, und auch sonst sind keinerlei Spuren zu entdecken, aber die bloße Möglichkeit – und die Möglichkeit besteht ja wirklich, wie sie selbst erlebt hat – genügt, um sie in Panik zu versetzen. Um ihren Argwohn zu verscheuchen, ihn nicht zur Obsession werden zu lassen, zwingt sie sich zur Vernunft. Sie braucht aber bloß die Augen zu schließen und ein wenig vor sich hin zu dämmern, und schon fällt das Schreckbild erneut wie ein Albtraum über sie her.

Nachts träumt sie immer wieder, dass sich neben ihrem Bett unversehens ein neues Fenster auftut. Das Rollo ist halb heruntergelassen, und ein weißer Vorhang verdeckt teilweise die Sicht. Bei dem Wenigen, was draußen trotzdem zu sehen ist, scheint es sich um eine unbekannte und dennoch vertraute Landschaft zu handeln, allerdings nicht immer um dieselbe. Manchmal sind es verschneite Berge unter einem aschgrauen Himmel, manchmal ein tosendes Meer oder aber riesige hellerleuchtete Hochhäuser, wie sie am Rand großer Städte stehen. Wenn sie sich fasziniert aufrichten möchte, um mehr sehen zu können, stellt sie fest, dass sie beziehungsweise ihre Handgelenke ans Kopfende – oder die Bettkante oder die Pfosten – des Betts gefesselt sind. Die Bänder machen einen geradezu harmlosen Eindruck, sorgen aber dafür, dass sie sich nicht vom Fleck rühren kann. Wer sie gefesselt hat und wann das passiert ist, weiß Nat nicht. Sie betrachtet die Knoten, die auf ihre Venen drücken, die Streifen, die die Schlingen an der Haut hervorgerufen haben, und ihre eingeschlafenen, kribbelnden Finger, die kaum noch mit Blut versorgt werden. Angst steigt in ihr auf. Da hört sie, dass die Tür sich öffnet und der Mann hereinkommt, sie vernimmt seine langsamen schlurfenden Schritte. Er gibt sich keinerlei Mühe, unbemerkt zu bleiben. Nat fragt sich, wo Sieso steckt, warum hat er nicht gebellt, um sie zu warnen? Reglos auf dem Bett liegend, kann sie trotzdem sehen, wie der Mann durch sämtliche Zimmer des Hauses spaziert. Das Haus ist wesentlich größer, als sie gedacht hat, da sind jede Menge Räume, von deren Existenz sie keine Ahnung hatte – Hinterzimmer, Dachkammern, kleine Zimmer im Innern von großen Zimmern. Sie sieht den Mann von hinten, seinen entschlossenen rasierten Nacken, er geht überall hinein, entweiht jeden Raum durch seine bloße Anwesenheit. Aber sein

Gesicht bekommt sie nicht zu sehen, beziehungsweise kann sie es nicht erkennen, als er sich schließlich dem Bett nähert. In ihrer Kehle schwillt etwas an, geht auf wie ein Schwamm, der ihren Schrei erstickt. Nat bekommt keine Luft mehr.

Schweißgebadet, mit tauben Gliedern und ausgedörrtem Mund wacht sie auf. In ihre immer noch verwirrte Wahrnehmung mischen sich die Geräusche der Nacht, das nervöse Wiehern eines Pferdes, der Ruf einer Eule, der dichte Gesang der Grillen und die Hunde, immer wieder die Hunde, deren Gebell sich überlagert.

Schlimmer jedoch sind die Geräusche im Haus, die sie entdeckt, ja denen sie sogar jeden Tag und jede Nacht, wach oder im Halbschlaf nachspürt. Knarren und Quietschen, die Luft, die durch die Ritzen der Fensterläden dringt, das Gemurmel des Ventilators, das Schaben von Siesos Krallen auf dem alten Holzboden der Veranda, seine Schritte, wenn er den Pfosten umkreist. Nichts davon hat mit dem Vermieter zu tun, trotzdem bleibt sie wachsam. Als er das nächste Mal kommt, mit den Rechnungen für den zweiten Monat, klopft er an. Nat ist so erleichtert, dass sie widerspruchslos zahlt. Besser so, sagt sie sich. Nichts verlangen, so schnell wie möglich fertig werden und ihn dann bis zum nächsten Monat nicht mehr sehen müssen.

Viele Tage und Spaziergänge später kennt sie sämtliche Wege, Häuser und deren Bewohner in- und auswendig. Trotzdem hält das Gefühl an, dass sich ihr etwas entzieht, dass sie manche Dinge nicht sehen und auch nicht verstehen kann. Die Silhouette des Glauco ist allgegenwärtig, wohin auch immer sie blickt, schiebt er sich ins Bild, selbst wenn sie ihm den Rücken zukehrt, ist er da, lauernd. Diesem Berg entkommt man nicht, sagt sie zu Píter, es ist, als würde er sie ständig überwachen. Worauf Píter sagt, sie solle sich La Escapa doch mal ohne den Glauco vorstellen – dann wäre ringsherum alles nur flach, charakterlos und durch nichts von anderen Gegenden zu unterscheiden. Was sie stört, ist sein Anderssein, verkündet er feierlich, und ihr wird klar, dass sie von verschiedenen Dingen sprechen, wie fast immer.

Ein verlassenes Haus zieht unwiderstehlich ihre Aufmerksamkeit auf sich. Auf seine halbverfallenen Wände hat jemand in großen roten Buchstaben die Worte STRAFE GOTTES und SCHANDE geschrieben. Píter erzählt ihr, dass dort früher ein Paar gelebt hat, Bruder und Schwester, die angeblich eine inzestuöse Beziehung hatten. Sie waren aus einem anderen Dorf nach La Escapa geflohen und blieben mehrere Jahre, ohne mit irgendjemandem in Kontakt zu treten. Außerdem waren sie unglaublich arm – denn Arbeit bekamen sie nirgends – und entzogen sich, so gut sie konnten, den Beleidigungen, ja sogar den Angriffen der anderen. Einmal, sagt Píter, hat ihnen jemand mit Steinen die Fenster eingeworfen, bei anderer Gelegenheit steckte man ihren Schuppen in Brand. Der Mann, der um die fünfzig war, starb plötzlich an einem Herzinfarkt. Seine jüngere und offenbar geistig behinderte Schwester machte sich wenige Tage später davon und ließ das Haus so zurück, wie es war. Und sofort tauchten die Leute auf, die ihnen bis dahin nichts als Ekel und Ablehnung entgegengebracht hatten, um alles einzusacken, was in ihren Augen zu irgendetwas zu gebrauchen war. Den Rest zerstörten sie hasserfüllt auf einem großen Scheiterhaufen. Danach schmierten sie die Worte auf die Hauswände.

Aber das ist lange her, erklärt Píter hastig, es ist eine Art schwarze Legende des Orts. Er hat damals noch gar nicht hier gewohnt, er kennt die Geschichte nur vom Hörensagen. Sie soll deswegen nichts Schlechtes über La Escapa denken, seitdem hat sich vieles verändert, die Leute werden immer toleranter und zivilisierter. Wenn dem so wäre, sagt sich Nat, hätte jemand die Schmierereien inzwischen entfernt. Dass sie immer noch da sind, für alle gut sichtbar, kann auch bedeuten, dass sie nicht vergessen werden sollen, ja, dass sie als Warnung zu verstehen sind.

Sie kann den ganzen Tag umherstreifen, ohne jemandem zu begegnen, außer ab und zu einer Gruppe von Feldarbeitern, dem Rom, der Alteisen sammelt oder kleine Transporte durchführt, dem alten Joaquín – Robertas Mann – oder dem Deutschen, der mit seinem Lieferwagen nach Petacas fährt oder von dort kommt, wahrscheinlich, nimmt sie an, um das von ihm selbst angebaute Gemüse an seine Abnehmer zu verteilen. Gäbe es Píter nicht, würde sie womöglich tagelang mit niemandem sprechen. Da sie inzwischen keine Neuheit mehr ist, interessiert sich nicht mal mehr das Mädchen aus dem Laden für sie. Sie bedient sie, ohne kaum je den Blick von dem in einer Ecke hängenden Fernseher abzuwenden. Hinter ihrem gelangweilten Ausdruck schimmert die Verzweiflung durch. Nat sieht, wie sie, geistesabwesend und mit dünner Stimme vor sich hin summend, an ihren Fingern zieht und sie knacken lässt. Dabei versucht Nat, sich vorzustellen, wie ihr noch jugendliches Gesicht aussehen wird, wenn sie fünfzig oder sechzig ist und von den gleichen Migräneanfällen gequält wird wie jetzt ihre Mutter. Nat würde gern etwas Nettes zu ihr sagen, aber ihr fällt nichts ein.

Manchmal geht sie mit Píter in die Bar des Dicken, einen mit Eternitplatten gedeckten Lagerschuppen, der vom kalten Licht einer einzigen nackten Glühbirne erhellt wird. Dort trinken sie Bier aus der Flasche mit den Männern, die dort vorbeikommen, vor allem Bauern und Bauarbeiter, Leute, die über Themen sprechen, zu denen Nat nichts beitragen kann. Píter unterhält sich dagegen ganz ungezwungen mit ihnen, Nat hat allerdings den Eindruck, dass er ein wenig schauspielert, um sich den Anstrich zu geben, er sei einer von ihnen. Der Dicke kassiert manchmal zu viel, manchmal gar nichts, lässt darüber aber nicht mit sich reden. Die Witze, die er macht, haben stets etwas Aggressives und Herausforderndes, trotzdem reagieren alle mit unbekümmertem Gelächter, auch Nat. Allein würde sie niemals hierher gehen, aber mit Píter ist es etwas anderes.

Am Wochenende ist mehr los. Das Nachbarhaus – wie ein buntes Schild am Tor verkündet, trägt es den Namen »Chaletito«, »Landschlösschen« – wird von einem jungen Ehepaar mit zwei kleinen Kindern genutzt, die den ganzen Tag schreiend durch den Garten laufen, als gäbe es keine andere Art, sich zu verständigen. Die Mutter, eine hochgewachsene und ziemlich gesprächige Frau, gibt sich liebenswürdig und aufgeschlossen, betrachtet Nat aber mit leisem Argwohn, offenbar begreift sie nicht recht, was Nat hier so allein macht, in diesem ungemütlichen Haus und mit ihrem scheuen und widerspenstigen Hund. Píter, der mit dem Paar seit Längerem befreundet ist, hat für sie die Fenster im Obergeschoss angefertigt. Je nach Einfallswinkel der Sonne nehmen sie eine rötliche oder eher orangefarbene Tönung an, was im Inneren für wohlig-warme Stimmung sorgt. Die Nachbarin erzählt Nat, dass sie das »Chaletito« unerwartet von einer Großtante geerbt hat. Zuerst hätten sie versucht, es zu verkaufen, aber ohne Erfolg, niemand habe so ein heruntergekommenes und dunkles Haus haben wollen. Deshalb, fährt sie resigniert seufzend fort, hätten sie irgendwann beschlossen, das Beste draus zu machen. Sie hätten eine Reihe von Umbauten durchgeführt, und so hätten die Kinder wenigstens was von der frischen Landluft. Ihr Mann, der sich offensichtlich mehr für die Sache begeistern kann, mäht regelmäßig sorgfältig den Rasen und vertreibt sich die Zeit ansonsten mit der Errichtung von Häuschen und Spielgeräten für seine Kinder.

Oft ist Nat dankbar, wenn der Montag kommt und es wieder ruhig wird.

Eines Sonntags laden die Nachbarn eine Menge Leute zum Grillen ein, die meisten sind Freunde aus der Stadt, die nur zu diesem Anlass nach La Escapa kommen. Nat und Píter sind auch eingeladen. Nat sagt bereitwillig zu, als sie dann aber dort ist, hält sie sich schüchtern abseits, steht mit einem Glas in der Ecke und sieht den anderen beim Feiern zu. Dass viele Gäste in Badekleidung durch den Garten spazieren, leuchtet ihr nicht ein, es ist ihr unangenehm. Was soll das?, fragt sie sich, schließlich haben die Nachbarn keinen Pool, nicht mal ein aufblasbares Planschbecken, alles, was es gibt, ist ein Schlauch, mit dem sie sich ab und zu Abkühlung verschaffen oder kindische Spielchen veranstalten. Irgendwie ist es obszön, sagt sich Nat, wie sie halbnackt und nass ihre wenig ansehnlichen Körper zur Schau stellen. Sie reden übers Essen und über Politik, springen übergangslos von einem Thema zum anderen, manchmal geht es auch um beides gleichzeitig. Offenbar kennen sie sich gut aus, was Nats Zurückhaltung noch verstärkt. Manche fragen sie, was sie hier draußen macht. Sie wundern sich, dass sie sich ohne ersichtlichen Grund in La Escapa aufhält. Andere halten sie für Píters neue Freundin und verhalten sich entsprechend, sagen »ihr«, und Nat macht sich nicht die Mühe, die Sache richtigzustellen. Alle scheinen die Idee, aufs Land zu ziehen, reizvoll zu finden, offensichtlich verbinden sie romantische Vorstellungen damit. Wenn jemand eine lobende Bemerkung in diese Richtung fallen lässt, würde Nat am liebsten erwidern, dass sie bloß deswegen hier wohnt, weil sie nichts Billigeres gefunden hat. Später merkt sie, dass die Nachbarin sie vom anderen Ende des Grundstücks aus anstarrt.

»Ich fürchte, sie ist eifersüchtig«, sagt Píter, als ihnen niemand zuhören kann. »Ihr Mann redet die ganze Zeit nur von dir. Hast du das nicht bemerkt?«

Doch, hat sie. Der Nachbar hat es übernommen, sie – mit unüberhörbarem Stolz in der Stimme – seinen Freunden vorzustellen, wie er auch unermüdlich darauf verweist, dass sie hart gearbeitet hat, um ihr Haus wohnlich zu machen, dass sie einen streunenden Hund gerettet hat, dass sie Übersetzerin ist, und so weiter. Außerdem kümmert er sich, ganz der perfekte Gastgeber, darum, sie mit Getränken zu versorgen, selbst wenn die übrigen Gäste dabei zu kurz kommen. Noch ist also nicht alles verloren, sagt sich Nat geschmeichelt, aber auch ein wenig spöttisch. So geht es ihr jedes Mal, sie kommt nicht dagegen an – sie sieht die Sache immer auch von außen: der Macho auf Beutezug, in Erwartung, dass das nächste Opfer ehrfürchtig vor ihm in die Knie sinkt; sein penetranter, zur Verführung bereiter Blick, aber da sind auch seine Plattfüße, sein krummer Rücken und die lächerliche Tonsur auf dem Kopf, wenn er sich wegdreht. Wie absurd manche Männer sind, sagt sie sich amüsiert.

Ein paar Tage später ermuntert Píter sie, doch mit zu einer Nachbarschaftsversammlung zu kommen. Es werden zwar nicht alle aus La Escapa da sein, sagt er, aber sie sollte auf jeden Fall hingehen, ihre Meinung zählt. Was für eine Art Versammlung ist das?, fragt Nat widerstrebend. Die unausgesprochene Verpflichtung, die sich hinter seiner Einladung verbirgt, stört sie, und welche Rolle ihr dabei zufallen soll, ist ihr auch nicht klar, sie selbst betrachtet sich schließlich als frisch Zugezogene, die hier nichts zu sagen hat. La Escapa ist eine Gemeinde, erläutert Píter, die zwar einen Ortsvorsteher hat, aber trotzdem ist der Ort im Grunde sich selbst überlassen. Der Ortsvorsteher ist, was sie nicht überraschen wird, der Besitzer des Ladens, und auch wenn er nicht so aussieht, genießt er es durchaus, anderen Anweisungen zu erteilen. Jedenfalls hat er aber ohnehin nicht viel zu sagen, deshalb müssten die übrigen Bewohner von sich aus die Initiative ergreifen und von der Verwaltung in Petacas – wo die wirkliche Verantwortung für La Escapa liegt – verlangen, dass endlich etwas geschieht. Einberufen haben die Versammlung paradoxerweise die Eigentümer des Chaletito, Píter selbst und noch ein paar Mitglieder der neuen Generation von Ortsbewohnern – so drückt Píter sich aus: »die neue Generation« –, Leute, die Lust haben, etwas zu verändern. Aber *was* verändern, fragt Nat, *was* denn?

»Allzu viel liegt dir an der Sache offenbar nicht …«

»Das ist es nicht. Ich weiß nur nicht, was ich bei der Versammlung soll. Ich bin bloß Mieterin, wenn jemand hingehen sollte, dann mein Vermieter.«

»Deinem Vermieter sind unsere Probleme völlig egal. Du kennst ihn ja.«

Ja, sie kennt ihn. Und sie weiß auch, dass Píter teilweise recht hat, so ungern sie es zugibt. Jetzt spricht er davon, dass die Müllabfuhr besser organisiert und endlich für ausreichende Straßenbeleuchtung gesorgt werden müsse, nachts sei das wirklich gefährlich, und die Gefahr, die von den vielen Schlaglöchern ausgehe, sei auch nicht zu unterschätzen, da seien schon einige Reifen draufgegangen.

»Das könnte dir mit deinem Auto auch passieren, oder?«

Nat nickt – ihr auch – und lässt sich breitschlagen: Sie kommt mit.

Die Versammlung findet im Laden statt. Zu Nats Erstaunen ist es bei ihrer Ankunft rappelvoll, dabei sind, wie Píter schon angekündigt hat, gar nicht alle da. Die Roma, zum Beispiel, sind nicht erschienen – Nat ahnt, dass sie für manche ein mindestens ebenso großes Problem darstellen wie die Schlaglöcher, vielleicht sogar ein noch größeres. Der Dicke fehlt auch, offenbar versteht er sich nicht besonders mit dem Ladenbesitzer. »Die können sich auf den Tod nicht ausstehen«, flüstert Píter ihr zu. Der alte Joaquín hat Roberta mitgebracht, wahrscheinlich hat er niemanden, der auf sie aufpassen könnte. Die alte Frau hat heute nicht ihren besten Tag. Mitten in der Versammlung fängt sie an, mit ihrer brüchigen Stimme wirres Zeug von sich zu geben. Sehr artikuliert und wohlgesetzt, aber völlig zusammenhangslos, reiht sie alle möglichen hochgestochenen Spezialausdrücke aneinander, Wörter wie Feuchtgebiet, Trübungsgrad, Drüsensekret oder Seekuhbestand. Nat begreift irgendwann, dass genau diese Ausdrücke in einem Dokumentarfilm vorkamen, den sie am Mittag im Fernsehen gesehen hat, eine furchtbar langweilige Reportage über die Antillen, die bei der alten Frau aber großen Eindruck gemacht haben muss, genauer gesagt: Offensichtlich hat sie die Doku ziemlich durcheinandergebracht, denn sie trägt ihre Äußerungen in einem verzweifelten Frageton vor, als wollte sie sagen: Was hat das zu bedeuten? Warum reden hier alle über Sachen, von denen sie nichts versteht – über Seitenstreifen, Straßenlaternen oder Container –, während in ihrem Kopf lauter Bilder aus der Karibik und unverbundene Wörter vorüberziehen?

Während seine Frau spricht, wartet Joaquín einfach ab, peinlich scheint es ihm nicht zu sein. Offensichtlich vertraut er darauf, dass die anderen sich genau so verhalten – gelassen abwarten und dabei höflich schweigen –, Nat aber nimmt die

Ungeduld der anderen deutlich wahr, die gesenkten Blicke, das Räuspern. Píter lächelt verständnisvoll, das Ehepaar aus dem Chaletito tuschelt miteinander, und der Ladenbesitzer verzieht das Gesicht. Nur der Deutsche, der an einem Kistenstapel lehnt, starrt ungerührt auf seine Stiefelspitzen, die er langsam hin und her dreht. Nat betrachtet ihn aufmerksam. Wenn er wirklich so einzelgängerisch und unabhängig ist, wie man behauptet, warum ist er dann überhaupt hier? Warum die anderen ihn den »Deutschen« nennen, weiß sie nicht, jedenfalls ist er kein Deutscher und sieht auch nicht so aus wie – wenigstens gemäß dem Klischee, natürlich – ein Deutscher aussehen müsste, also groß, blond, kräftig. Im Gegenteil, er ist klein, hat einen dunklen Teint, dünnes Haar und Geheimratsecken. Seine dicke hässliche Nase, der nach unten gebogene Schnurrbart und die starke Brille lassen ihn nicht gerade wie jemanden von ganz woanders aussehen, eher wirkt er wie ein typischer Einheimischer. Das mit dem »Deutschen« muss ein Spitzname sein, Píter wird von den anderen ja auch »der Hippie« genannt, und Roberta »die Hexe«. Auf dem Dorf hat man eben Spitznamen, oder nicht? Nat überlegt, ob sie wohl auch schon einen Spitznamen hat, aber wie der lautet, will sie nicht unbedingt wissen.

Im Brennholzstapel entdeckt sie eine kleine zusammengerollte Schlange, eine Stülpnasenotter mit dem frechen hornartigen Auswuchs an der Schnauze, dem sie ihren Namen verdankt. Finster starrt das Tier vor sich hin. Nat macht einen Satz zurück. Als Kind hat man ihr erzählt, das Gift dieser Schlangen sei tödlich, innerhalb von dreißig Minuten könne es das Leben eines Menschen beenden. Sie muss die Otter so schnell wie möglich loswerden, hat aber Angst, bei dem Versuch, sie zu töten, könne sie von ihr attackiert werden.

Wie soll sie dabei überhaupt vorgehen? Die Vorstellung, die Schlange mit einem Stock zu Brei zu schlagen, findet sie abstoßend. Sie macht sich auf die Suche nach Hilfe, zunächst ohne Ergebnis – Píter ist in Petacas, und die Bauarbeiter, die sie fragt, haben angeblich alle Hände voll zu tun Einer verspricht immerhin, vorbeizuschauen, sobald er mit der Arbeit fertig ist, aber so viel Zeit hat Nat nicht. Bei dem Rom hat sie schließlich Erfolg, statt irgendwelche Ausreden vorzubringen, bricht er sofort entschlossen mit ihr auf. Auf dem Weg krempelt er die Ärmel hoch. Die Otter hat sich nicht von der Stelle bewegt. Reglos döst sie in der prallen Sonne vor sich hin, andererseits aber – wie ihr goldenes Auge mit der furchteinflößenden senkrechten Pupille verrät – auch erwartungsvoll, als ahnte sie die bevorstehende Gefahr. Der Rom zermalmt sie mit einem Stein. Auf ihren zerquetschten Schuppen glänzt das Blut, bei dem Anblick wird Nat schwindlig, und doch überwiegt die Erleichterung bei Weitem ihren Ekel. Als sie nach dem Portemonnaie greift, um dem Rom eine Belohnung zu zahlen, hebt der beschwichtigend, vielleicht auch gekränkt die Hand.

»Lass den Quatsch. Das ist nicht das erste von den Biestern, das ich umbringe … Wenn ich dafür jedes Mal Geld bekäme, hätte ich längst einen Audi und eine Luxusvilla.«

Píter wird später sagen, sie hätten sie nicht umbringen sollen. Es sei ein Ammenmärchen, dass Stülpnasenottern giftig sind. Immer dieselben Vorurteile und Ängste, sagt er und schüttelt traurig den Kopf. Glaubt sie wirklich, eine gerade mal fünfzig Zentimeter lange Schlange wird ihr Gift, ihr so geliebtes wie knappes Gift, dafür vergeuden, einen Menschen zu beißen? Nein, solche Schlangen greifen niemals an, es sei denn, jemand setzt ihnen so sehr zu, wie sie es getan haben.

»Was hätte ich denn sonst machen sollen?«, fragt Nat.

»Nichts. Sie in Ruhe lassen. Oder vorsichtig hochheben und wegtragen. Schließlich waren die Schlangen schon vor uns hier, oder?«

Nat gibt sich geschlagen – was bleibt ihr anderes übrig? –, denkt sich aber: Selbst eine x-beliebige Schlange hat mehr Recht hier zu leben als sie. Sie dagegen wird niemals etwas anderes als ein Eindringling sein.

Eines Nachts dreht der Wind, und es wird kühl. Nat sitzt auf der Veranda und liest. Zuerst holt sie sich eine Strickjacke, dann geht sie ins Haus, starr vor Kälte. Gleich darauf fallen dicke warme Tropfen vom Himmel, und wenig später bricht ein heftiger Guss los, der der feuchten Erde einen neuen, hoffnungsvoll stimmenden Geruch entlockt. Nat freut sich wie ein Kind. Sie hat das Gefühl, endlich die erste Etappe überstanden zu haben, die härteste, und dass der Regen den vielversprechenden Anfang der nächsten Etappe markiert. Die Freude ist aber nur von kurzer Dauer – gerade so lange, bis es anfängt, an verschiedenen Stellen von der Decke zu tropfen. Innerhalb weniger Minuten bilden sich Pfützen auf dem Boden. Nat läuft schnell hinaus und holt mehrere Eimer. Als sie, völlig durchnässt, wieder ins Haus kommt, haben einige Pfützen sich bereits zu einem kleinen See verbunden. Sie kann es nicht fassen. Und jetzt? Wieso hat sie nicht vorher bemerkt, dass das Dach undicht ist? Sie hat die gelben Flecken an der Decke doch immer wieder gesehen. Was hat sie denn gedacht, woher die stammen? Die halbe Nacht bringt sie damit zu, die Eimer auszuschütten und gleich wieder aufzustellen. Irgendwann lässt der Regen nach, und sie kann sich eine Weile ausruhen. Sie schläft immer nur für kurze Zeit, weil sie Angst hat, dass es gleich erneut losregnen könnte. Außerdem quält sie der Gedanke, dass ihr diesmal nichts anderes übrigbleibt, als dem Vermieter Bescheid zu sagen. Am Morgen ist der Himmel jedoch strahlend blau, nicht ein Wölkchen zu sehen. Ob sie die Sache vielleicht doch aufschieben kann? Wenigstens bis er das nächste Mal mit den Rechnungen kommt? Wenn sie Glück hat, regnet es bis dahin nicht noch einmal – lieber abwarten, lieber das Monster nicht vor der Zeit wecken. Ihr ist klar, dass sie sich selbst etwas vormacht, um dem Problem aus dem Weg zu gehen. Andererseits, sagt sie sich, sieht es tatsächlich kein bisschen nach neuerlichem Regen aus, es war eben doch bloß ein typisches Sommergewitter im August, nichts, weswegen sie sich jetzt allzu große Sorgen zu machen braucht.

Und sie hat recht – auch an den nächsten Tagen fällt nicht ein Tropfen vom Himmel. Weshalb es ihr fast gelingt, die Sache zu vergessen, wenn auch nicht gänzlich. Jedes Mal, wenn sie den Blick zur Decke richtet, stößt sie auf die ekelerregenden Flecken, die aussehen wie eine Mischung aus Urin und Kalk.

Als der Vermieter am Monatsende in seinem schmuddeligen Overall auftaucht, weist Nat ihn auf die Flecken hin, und er kneift die Augen zusammen, um sie genauer zu betrachten. Sie erzählt von dem Platzregen, den Pfützen und Eimern. Und fügt hinzu, dass der Holzboden deshalb so verfault ist. Das lässt sich nicht wegdiskutieren, denkt sie sich, diesmal kann er die Wahrheit nicht abstreiten.

»Na ja, Kleine, aber es gießt ja auch nicht jeden Tag so.«

»Jeden Tag nicht. Aber es kann wieder passieren. Ich meine, im Herbst regnet es bestimmt, oder? Vielleicht nicht ganz so stark, aber die undichten Stellen sind nun mal da und …« Sie stockt. »Und davon geht der Boden kaputt.«

Während sie spricht, starrt der Vermieter ihr unablässig auf die Brüste. Das macht er absichtlich, sagt sich Nat. Um sie durcheinanderzubringen. Und sie zu demütigen. Mit verkniffenem Mund erwidert er, dass es nicht ihr Problem sei, wenn der Boden verfault. Ist ja schließlich nicht ihr Haus, oder? Sie ist hier bloß die Mieterin, sagt er, allerdings eine Mieterin, die, seit sie eingezogen ist, nichts anderes macht als sich zu beschweren.

»Was soll ich denn deiner Meinung nach machen, hm? Glaubst du, bei der beschissenen Miete, die du mir zahlst, habe ich Lust, hier große Renovierungsarbeiten anzufangen?«

Nat ist außer sich, zugleich aber unfähig, ihre Wut zum Ausdruck zu bringen. Sie würde gern ein Machtwort sprechen, aber was aus ihrem Mund kommt, klingt ängstlich und unsicher.

»Das heißt, wenn es das nächste Mal gießt, stelle ich wieder Eimer auf, und das war's, oder wie?«

»Genau!«

Der Vermieter deutet mit dem Zeigefinger auf sie, und sie fällt in sich zusammen. Sie spürt ein heftiges Brennen im Hals, ein heißes Jucken selbst in den Augen. Wird sie jetzt etwa zu weinen anfangen? Das darf sie keinesfalls zulassen. Alles, bloß nicht weinen, egal, wie gern sie es täte!

»Also ... Das ist doch ... Irgendwie nicht normal.«

»Nicht normal? Findest du? Was findest du denn normal? Raus aufs Land ziehen, aber da soll dann alles so herrlich komfortabel sein wie in der Stadt, ja?«

Dann fängt er an, im Plural zu sprechen. Dabei geht er heftig gestikulierend vor ihr auf und ab.

»Ihr seid alle gleich, ihr glaubt, hier draußen kam man nachts immer schön Sterne gucken, und am Tag blöken die Lämmchen. Und dann kommt ihr an und meckert – die Mücken und der Regen und das viele Unkraut. Als ob ich für dich nicht wer weiß wie mit dem Preis runtergegangen wäre.

Oder etwa nicht? Schon vergessen? Und deine Probleme, hab ich die nicht alle gelöst? Bin ich nicht gekommen und hab den Hahn repariert? Ja, das war dir dann aber auch wieder nicht recht. Bei euch soll mal einer durchblicken. Weißt du was? Ich hab wichtigere Dinge zu tun. Gib mir die Miete für diesen Monat und lass mich in Ruhe!«

Nat bezahlt ihn, und er geht und knallt die Tür hinter sich zu. Jetzt fängt sie tatsächlich an zu weinen, sie ist wütend, weil sie nicht begreifen kann, wieso sie solche Angst vor dem Mann hat. Ein unverschämter geiziger Typ, was soll der ihr schon anhaben? Ist er ihr nicht offensichtlich unterlegen? Ein ungebildeter dreckiger Kerl ohne Geld, was soll der gegen sie ausrichten? Warum trifft sie das so? Sie weint und versucht zugleich, sich einzureden, dass vielleicht tatsächlich nicht noch mal Wasser durch die Decke kommt, vielleicht reicht es ja wirklich, an schlechten Tagen Eimer aufzustellen, vielleicht war das Gewitter neulich einfach ungewöhnlich heftig, vielleicht stimmt es, und das Ganze ist nicht so schlimm, vielleicht kann sie es ein paar Monate aushalten, was soll's, das hier ist ja wirklich nicht *ihr* Haus, früher oder später haut sie hier sowieso wieder ab, bis dahin kommt es vor allem darauf an, dass sie ihre Ruhe hat, sich nicht aufregt, sich nicht aus der Bahn werfen lässt, auf die Weise wird sie ihn besiegen, die Oberhand behalten.

Die Flecken sprechen jedoch eine eindeutige Sprache. Der Nächste, der sie entdeckt, ist der Deutsche, als er bei ihr anklopft, um zu fragen, ob sie an einer Kiste Gemüse interessiert sei. Er setzt die Kiste an der Schwelle ab, und dabei fällt sein Blick auf die kaputten Bohlen, er sieht auf und betrachtet aufmerksam die Decke.

»Da kommt Wasser durch«, verkündet er.

Wenn er spricht, scheinen die Silben übereinander zu stürzen, es klingt seltsam unvermittelt und irgendwie gehetzt. Ohne ihr in die Augen zu sehen, bittet er um einen Stuhl und klettert hinauf, um sich die Sache aus der Nähe anzusehen. Nat wiederum richtet den Blick auf seine groben ungepflegten Stiefel, die er auch schon bei der Nachbarschaftsversammlung anhatte. Unterdessen erklärt er, wo die Flecken wahrscheinlich herstammen.

»Das muss schon eine ganze Weile so gehen, bestimmt ist eine ziemliche Menge von Ziegeln kaputt. Müsste man sich mal anschauen, vielleicht kann man's reparieren, ich glaub aber, eher nicht. Wenn nur an der Oberfläche was kaputt ist, kann man die Ziegel einfach mit Teer einschmieren, oder mit Kalk, das hier ist aber komplizierter, fürchte ich. Was sagt denn dein Vermieter?«

»Dass es nur durchkommt, wenn es stark regnet. Und dass das nicht sein Problem ist. Er wird jedenfalls nichts unternehmen.«

Der Deutsche steigt vom Stuhl und schüttelt den Kopf.

»Beim nächsten Regen kommt bestimmt gleich wieder was durch, auch wenn's nur nieselt. Ich könnte es dir reparieren.«

Nat ist froh, dass er nichts zum Verhalten des Vermieters sagt. Dass er kein Urteil darüber abgibt, dass er nicht erklärt, das sei aber ungerecht – oder gerecht –, dass er sie nicht drängt, mit dem Mann zu streiten und auf ihrem Recht zu bestehen. Der Deutsche beschränkt sich auf die Tatsachen, bleibt ganz bei dem, was ist, ohne Deuteleien. Genau das aber macht es ihr leichter, ihren Ärger auszudrücken, sich endlich abzureagieren.

»*Ich* soll mich darum kümmern, so eine Frechheit! Dabei ist das seine Sache, oder etwa nicht? Ist doch sein Haus.«

»Tja. Aber du hast das Problem. Ich kann dir wirklich helfen. Ich weiß, wie man so was repariert.«

Damit sie ihm glaubt, erläutert er, wie man im Einzelnen vorgehen müsste: Zuerst müsste man feststellen, wie viele Ziegel tatsächlich kaputt sind. Dann müsste man passende Ersatzziegel beschaffen und den betroffenen Dachabschnitt neu decken. Zuletzt müsste man dafür sorgen, dass das Wasser künftig zuverlässig abfließt, mit ordentlichen Dachrinnen oder Überläufen, je nachdem. Aber aus reiner Freundschaft wird er das nicht tun, sagt sich Nat, sie wird ihm also Geld dafür geben müssen. Was so etwas wohl kostet? Viel Geld hat sie nicht, aber einfach so einen Gefallen in Anspruch nehmen möchte sie auch nicht. Nicht, dass sie ihm misstrauen würde, sie will ihm bloß nichts schuldig sein.

»Ich weiß nicht, ob ich mir das leisten kann«, sagt sie.

Der Deutsche schweigt. Sie glaubt schon, gleich werde er anbieten, es umsonst zu machen, doch da entgegnet er unvermittelt, er verstehe das. Wie teuer das Ganze letztlich werden würde, könne auch er nicht absehen. Und er wolle ihr kein Problem vom Hals schaffen und dafür gleich ein neues aufladen. Er zuckt die Achseln und sieht ihr zum ersten Mal in die Augen. In seinem Blick entdeckt sie keinerlei Enttäuschung. Auch keine Resignation. Nur eine Mischung aus Schüchternheit und Freundlichkeit, vielleicht ein bisschen Scham. Womöglich ist er selbst gerade knapp bei Kasse und hat hier die Chance gesehen, sich was dazuzuverdienen. Nat hat nichts dagegen einzuwenden, kann ihm den Gefallen aber nicht tun. Sie kann bloß hoffen, dass es nicht wieder regnet, und für alle Fälle größere Eimer anschaffen. Sie bezahlt das Gemüse, bedankt sich und begleitet ihn nach draußen.

Was gerade einmal zwei Stunden danach passiert, wird Nat sich anschließend immer wieder sorgfältig ins Gedächtnis rufen, in allen Einzelheiten, um ja nichts zu vergessen, um zu verhindern, dass die Erinnerung die Sache verdreht, verfälscht, bemäntelt.

In ihrem Gedächtnis wird ein Wort – *droit* – nachhallen, und ebenso ein Ausdruck – *le droit de sauver*–, ein Dialog, mit dessen Übersetzung sie gerade beschäftigt war. *Sie haben nicht das Recht, jeden x-Beliebigen zu retten,* sagt eine der Figuren empört, und die andere erwidert: *Hier geht es nicht um Recht, hier geht es um Pflicht!*

Gerade als Nat diese Worte geschrieben hat, ruft jemand nach ihr. Sie steht auf, geht raus, und draußen vor der Tür steht der Deutsche. Er macht keine Anstalten, reinzukommen. Nat stellt fest, dass er sich umgezogen hat. Statt der verwaschenen grauen trägt er eine frische blaue Hose, und das schwarze T-Shirt mit dem Schriftzug einer Autowerkstatt hat er gegen ein abgetragenes, fast durchscheinendes beiges Hemd getauscht. Er lächelt nicht, macht aber auch keinen ernsten Eindruck. Er wirkt vielmehr konzentriert, auf etwas, das er gleich sagen oder machen wird und das offenbar nicht einmal unmittelbar mit Nat zu tun hat. Ihr kommt der Gedanke, dass er vielleicht etwas vergessen oder sich beim Preis für das Gemüse geirrt hat, oder aber, dass er ihr, wie sie gleich zu Anfang vermutet hat, jetzt doch anbieten wird, das Dach umsonst zu reparieren. Dass er als Nächstes den Blick nach oben zu den Ziegeln richtet, scheint ihr zu bestätigen, dass Letzteres der Fall ist. Das war ja absehbar, sagt sie sich, obwohl von diesem Moment an nichts mehr absehbar sein wird.

»Ich möchte nicht, dass du böse auf mich wirst«, sagt der Deutsche.

Mehr sagt er erst mal nicht, während er dasteht und mit im gleißenden Sonnenlicht zusammengekniffenen Augen die Ziegel betrachtet. Sieso nähert sich langsam und beschnuppert seine Hosenbeine.

»Böse werden, ich? Warum?«

Der Deutsche sucht nach den passenden Worten. Dass er so lange braucht, scheint aber nicht an dem möglicherweise peinlichen Inhalt dessen zu liegen, was er sagen möchte, vielmehr ist er offenbar immer unentschlossen, wenn es ums Sprechen geht. Nat wartet neugierig, allerdings auch leicht gleichgültig ab, was er zu sagen hat, so als ginge das, was er mitteilen will – beziehungsweise ihr vorschlagen will, sie ist sich nämlich sicher, dass er einen Vorschlag machen wird –, sie nicht wirklich an.

»Wenn du böse wirst, ist das dein gutes Recht, würd ich meinen. Das Risiko gehe ich ein.«

Hier geht es nicht um Recht, hier geht es um Pflicht!, denkt Nat, aber sie lächelt und fordert den Deutschen auf, weiterzusprechen.

»Na, sag doch, um was es geht. Keine Sorge, passiert schon nichts.«

Und da sagt er es. Sagt, dass er schon lange allein lebt. Lange ohne eine Frau, erklärt er. Was dadurch, dass er in La Escapa wohnt, nicht einfacher wird, im Gegenteil. Auch einen Charakter wie er zu besitzen, schweigsam und einzelgängerisch – wobei er selbst diese Adjektive nicht benutzt, er sagt bloß: »einen Charakter wie ich« –, macht es nicht besser. Nicht, dass es ihm schlecht ginge. Er ist weder traurig noch depressiv, das ist es nicht. Er kommt allein zurecht, das war schon immer so. Andererseits haben Männer nun mal bestimmte Bedürfnisse. Bei diesen Worten wird seine Stimme brüchig, aber nur kurz, sogleich fängt er sich wieder. Und besonders jung ist er auch nicht mehr, fährt er fort. Vielleicht zehn oder zwölf Jahre älter als sie – bei diesen Worten sieht er sie prüfend an. Er fühlt sich nicht alt, aber die Kraft, jemanden zu erobern, hat er trotzdem nicht mehr. Er lächelt verlegen. Nat ahnt, dass ihm nicht der Inhalt seiner Worte peinlich ist, sondern der Ausdruck, den er gerade verwendet hat, »jemanden erobern«, was für ein altmodischer, unpassender Euphemismus … »Um eine Frau zu finden«, verbessert er sich und lächelt nicht mehr. Mit Prostituierten möchte er sich auch nicht behelfen. Die in Petacas sind fürchterlich, all das flößt ihm Ekel ein. Nat nickt mechanisch.

Es ist eigentlich ganz einfach, sagt der Deutsche. Oder es sollte wenigstens einfach sein. Auch wenn Männer und Frauen die Sache normalerweise nicht so handhaben. Keiner hat den Mut, die Dinge offen anzusprechen. Alle reden meistens nur um den heißen Brei herum. Er glaubt aber, dass es mit ihr vielleicht doch anders gehen könnte. Das ist bloß so ein Gefühl von ihm, sie soll ihn bitte nicht falsch verstehen und sich gekränkt fühlen – und sie soll ihn natürlich auch nicht richtig verstehen und sich dann erst recht gekränkt fühlen. Er kennt sie nicht gut genug, um vorhersagen zu können, wie sie reagieren wird, er kann es also nur herausfinden, indem er den Sprung ins kalte Wasser wagt, sozusagen. Er legt eine Pause ein, sieht sie forschend an. Dann sagt er:

»Ich kann dir das Dach reparieren, und dafür lässt du mich ein Weilchen in dich rein.«

Nat wird sich diese Worte später immer wieder vorsagen, bis sie irgendwann fürchtet, sie habe sie sich bloß ausgedacht. Er sagt nicht: »Und dafür darf ich mit dir ins Bett gehen«, oder etwas Ähnliches, mehr oder weniger Kränkendes, von wegen. Er sagt, dass sie »ihn reinlassen« soll. Er möchte nicht nur »in sie rein«, sondern sie soll »ihn rein*lassen*«.

Eine seltsame Ausdrucksweise für einen solchen Vorschlag. Dass er die Sprache nicht gut genug beherrscht, kann nicht der Grund sein – schließlich ist er gar kein Deutscher! Ihn reinlassen, sagt sie noch einmal zu sich selbst. Ein Weilchen, hat er außerdem gesagt. »Ein Weilchen«. Nat zwinkert. Sie muss noch mehr hören, oder vielleicht muss sie es mehrmals hören, damit sie es begreift. So wie er vor ihr steht – mit herabhängenden Armen, breitbeinig, demütig ihrem Blick ausweichend –, gibt er jedoch zu verstehen, dass er gesagt hat, was es für ihn zu sagen gab, und jetzt nur noch auf ihre Antwort wartet.

»Und wie sollte das genau ablaufen?«

Der Deutsche sieht sie an, bemüht, zu lächeln, was dabei herauskommt, ist aber eher eine Grimasse. Der Erleichterung? Der Zufriedenheit, weil sie nicht böse geworden ist? Nat könnte es nicht sagen. Nur ein Mal, erklärt er. Ein Weilchen, wiederholt er. Nur so lang wie nötig, sagt er dann.

»Ich werd dich nicht nerven, und ich will dich auch nicht belästigen. Du bist keine Prostituierte, ich möchte nicht, dass du denkst, dass ich dich für eine Prostituierte halte. Ich würde eben bloß«, er zögert, »gern ein Weilchen in dich rein. Ganz einfach. Du legst dich hin, ich brauche nicht lange. Das ist schon alles. Ich war schon sehr lange mit keiner Frau mehr zusammen. Mein Körper braucht das. Ich dachte, dich könnte ich darum bitten.«

Nat wird sich auch diese Worte immer wieder ins Gedächtnis rufen. Die Kälte dieser Sätze, so kurz und schneidend. Ihre Trockenheit. Er hätte sagen können, was man in solchen Fällen eben so sagt. Er hätte zum Beispiel sagen können, dass Nat ihm gefällt, dass er sich von ihr angezogen fühlt, dass es natürlich gewagt ist, sie so direkt um so etwas zu bitten, dass er aber der Anziehung, die sie auf ihn ausübt, nicht widerstehen kann. Aber was soll dieser Schluss? »Ich dachte, dich könnte ich darum bitten.« Er bittet Nat nicht darum, weil sie ihm gefällt, sondern weil er sie – wie er meint – darum bitten kann? Wen kann er also nicht darum bitten? Wen bittet er nicht darum, weil er diese Person – wie er glaubt – nicht darum bitten kann?

Feinfühlig, aber spontan lässt sich Nat jetzt von ihrer Irritation und Ungeduld leiten. Ihre Reaktion dauert nur einen Augenblick und ist doch eindeutig negativ, ist so schroff und abweisend, dass es sie selbst fast erstaunt.

»Danke, nein.«

»Einverstanden«, sagt er und geht friedlich davon, ohne seine Bitte zu wiederholen, aber auch ohne sich zu entschuldigen. Nat wiederum verabschiedet sich tatsächlich, als wäre nichts Besonderes geschehen.

Als sie jedoch an ihren Tisch zurückkehrt, kann sie nicht mehr weiterarbeiten.

Mehrere Tage wird sie außerstande dazu sein.

II

Es regnet. Nicht stark, dafür sanft und beständig, ohne Schwankungen. Mitten in der Nacht fängt es an. Nat zwingt Sieso, ins Haus hereinzukommen, stellt die Eimer auf und macht sich bereit, sie auszuleeren, bevor sie überlaufen. Von den Bohlen steigt feuchte klebrige Wärme auf, von der sie schläfrig wird. Sie versinkt in einem ausgeklügelten Traum, der nach jeder Schlafunterbrechung einfach weitergeht, sie schafft es nicht, ganz daraus zu entkommen. In diesem Traum ist Sieso weggelaufen, und sie muss hinter ihm her, sie ist aber barfuß und hat nichts anderes zur Hand als ein Paar derbe Stiefel, wie die des Deutschen. Es gäbe sicherlich passenderes Schuhwerk – sie kommt kaum voran, die Stiefel sind so schwer, dass sie die Füße fast nicht vom Boden lösen kann. So verzweifelt sie sich auch bemüht, so sehr sie sich beeilt, sie hat den Hund längst aus den Augen verloren und hört bloß noch, immer schwächer, sein Winseln. Beim Aufwachen merkt sie, dass Siesos Winseln echt ist und sich in ihren Traum gemischt hat. Und was ist mit den Stiefeln? Sind die auch da? Ob vorhanden oder nicht, ihr Problem lösen sie jedenfalls nicht, sagt sie sich.

Als es hell wird, verschwindet der Regen und mit ihm die Offenbarung. Sie betrachtet den Himmel. Über dem Glauco ballen sich schwarze Wolken, bald wird es wieder regnen. Aber jetzt, bei Tageslicht, bleibt sie gelassen – so schlimm sind ein paar undichte Stellen auch nicht, sagt sie sich. Sie braucht bloß rechtzeitig die Eimer zu leeren, andere Leute müssen viel schlimmere Dinge ertragen und machen trotzdem weiter, ohne sich zu beklagen. Der Vorschlag des Deutschen, seine

Stimme – seine Stimme, während er den Vorschlag macht –, hallt immer noch in ihrem Kopf nach, beunruhigt sie aber nicht mehr. In der Erinnerung steht der Deutsche wieder vor ihrer Tür und spricht erstaunlich gelassen auf sie ein. Sie nimmt ihn genauso gelassen in den Blick, leidenschaftslos.

Das Regenwetter setzt sich die ganze Woche über fort, gerät aber in keinem Augenblick außer Kontrolle. Es regnet und hört wieder auf, regnet und hört wieder auf, in einem ruhigen Wechsel, gut für die Felder. Es tropft jedoch ununterbrochen von der Decke – damit das Dach trocknen kann, müssten die Abstände zwischen den Schauern größer sein. Nat ist also stundenlang mit dem Überwachen der Eimer beschäftigt, dazwischen kann sie gerade einmal die nötigsten Einkäufe erledigen. So vergeht Tag um Tag, und ihre Müdigkeit wächst und wächst. Niedergeschlagen sieht sie zum Himmel auf, wachsende Bedrückung ergreift von ihr Besitz.

Als es einmal gegen Mittag aufklart, nutzt sie die Gelegenheit und geht raus, um sich ein wenig die Beine zu vertreten. Sieso begleitet sie, aber nur bis zum Gartentor. Dort bleibt er wie angewurzelt stehen, sie kann noch so hartnäckig nach ihm rufen.

»Na gut, dann bleibst du eben hier«, sagt sie verärgert. »Selber schuld.«

Der Hund sieht ihr hinterher, als sie davongeht. Obwohl es kühl geworden ist, trägt Nat Sommerkleidung, eine einfache kurze Hose und ein Baumwoll-T-Shirt. Um sich vor der Kälte zu schützen, verschränkt sie die Arme vor der Brust und lässt sich den Wind ins Gesicht blasen. Sie passiert Píters Haus und schaut kaum hin. Entschlossen geht sie weiter, geistesabwesend, wie ferngesteuert, obwohl sie nicht so dumm ist, sich selbst gegenüber abzustreiten, dass sie nicht genau weiß, wohin sie geht. Das weiß sie tatsächlich, jedoch nicht, warum und zu welchem Zweck, und ebenso wenig weiß sie, warum sie so wütend oder, mehr noch, so verwirrt und gereizt ist.

Ein flüchtiger Gedanke schießt ihr durch den Kopf, zu schnell, um ihn zu greifen und zu verstehen. Irgendwas über Tauschhandlungen. Der Tausch als grundlegende soziale Interaktion. Warum nicht?, sagt sie sich. Darin liegt etwas Schönes, etwas Wesentliches und Menschliches.

Das Haus, vor dem sie anhält, ist ihrem sehr ähnlich. Bescheiden, nur ein Erdgeschoss, tiefsitzende Fenster. Der wichtigste Unterschied ist, dass der Garten dahinter liegt, weshalb sie jetzt unmittelbar vor der Tür steht, die bloß angelehnt ist. Sie räuspert sich und klopft schüchtern an. Auf einmal wird ihr bewusst, dass sie gar nicht weiß, wie der Deutsche eigentlich heißt. Sie streckt den Kopf über die Schwelle, sagt, ist jemand da. Es hört sich mehr nach Feststellung als nach Frage an. Ihre Stimme klingt seltsam fremd, gekünstelt, als läse sie einen Text ab. »Ist jemand da«, sagt sie noch einmal. Da niemand antwortet, geht sie hinein. Drinnen riecht es nach feuchtem Holz und getoastetem Brot. Es gibt nur wenige Möbel, auf einem Wäscheständer liegen mehrere Kleidungsstücke, und auf einem Wandbrett steht ein kleiner altmodischer Fernseher. Auf einem Tisch liegt ein getigerter Kater und betrachtet sie reglos. Nat geht an ihm vorbei, durchquert den Raum und tritt durch die Hintertür hinaus in den Garten. Der Deutsche kauert neben ein paar Furchen im Erdboden. Als er sie hört, dreht er sich um und sieht sie an, er scheint kein bisschen überrascht, als wäre es nur eine Frage der Zeit gewesen, bis sie bei ihm auftaucht. Er wischt sich mit dem Unterarm den Schweiß von der Stirn.

»Da bist du ja«, sagt er.

Er steht auf und geht zögernd auf sie zu. Nat betrachtet ihn, er ist voller Lehmspritzer, die Brille sitzt schief, er ist verschwitzt, schlaksig, ungelenk. Ihr fällt wieder ein, was er vor ein paar Tagen zu ihr gesagt hat: »Ich war schon lange mit keiner Frau mehr zusammen.« Und da begreift sie, welche Tragweite sein Vorschlag durch diesen Satz bekommt, welche Rolle ihr selbst dadurch zufällt. Worauf legt sie es hier gerade an? Sex aus Mitleid?

»Hast du es dir anders überlegt?«, fragt er. »Wegen dem vielen Regen? Hast du es dir deswegen anders überlegt?«

Nat nickt.

»Sollen wir jetzt gleich? Hier bei mir?«

Nat nickt erneut, instinktiv. Auf einmal kommt ihr die Frage unangebracht vor, geradezu absurd, doch da hat er bereits seine Gartenwerkzeuge fallen lassen und wischt sich die Hände ab.

»Ich muss nur schnell duschen, es dauert nicht lange.«

Bevor er ins Haus geht, lächelt er sie an – angespannt, wahrscheinlich verlegen, aber etwas blitzt auch kurz in diesem Lächeln auf. Nat bleibt draußen, betrachtet den Gemüsegarten. Noch zwei Katzen, die dünner sind als der Kater im Haus, laufen auf den an den Seiten offenen Schuppen im hinteren Teil des Gartens zu, wo Säcke, Holz und Werkzeug lagern. Vom Erdboden steigt ein intensiver Geruch nach Dünger oder auch Abfall auf. Nat sieht zum Himmel auf, zu den Wolken, die sich in der Ferne übereinandertürmen – bald wird es wieder regnen. Der Geruch der Erde, der Wind auf ihrer Haut, das grün-braune Farbgemisch um sie herum – Blätter und Erde –, der bitter-scharfe Geschmack ihres Speichels, weil sie so nervös ist – sie erlebt diesen Augenblick mit allen Sinnen, und dennoch ist das Gefühl von Unwirklichkeit überwältigend, gewinnt die bloße Abstraktion die Oberhand über alles Konkrete, als stünde sie nicht am Rand einer völlig neuen Erfahrung, sondern in einer Bühnenkulisse, um mit ein paar Schauspielern eine Szene zu spielen, eine einzige große Lüge. Der Deutsche braucht tatsächlich nicht lange. Mit feuchtem zurückgekämmtem Haar kommt er wieder aus dem Haus. Er deutet auf ein Paprikabeet, die Pflanzen sind verkümmert.

»Was für manche Gemüsesorten gut ist, ist für andere fatal.«

Sie merkt, dass er spricht, um die Anspannung zu verringern. Seine Bemerkung macht sie jedoch nur größer. Wut steigt in ihr auf. Sie möchte die Sache so schnell wie möglich hinter sich bringen. Er scheint es zu begreifen, denn jetzt fordert er sie auf, ins Haus zu gehen, wo er sie sanft am Arm nimmt und zu einem Zimmer führt, in dem es dunkel ist. Leise erklärt er, dass es so besser ist, ohne Licht. Er möchte nicht, dass sie sich unwohl fühlt, sagt er. Er möchte nicht, dass sie es als Belästigung oder Kränkung empfindet.

»Wir sind gleich fertig.«

Als Nats Augen sich an die Dunkelheit gewöhnt haben, erkennt sie ein kleines ungemachtes Bett. Er sagt, sie soll sich bitte auf den Rücken legen. Sie kann sich ganz ausziehen oder nur so viel wie nötig, wie sie möchte. Nat legt sich hin und zieht Hose und Slip aus. Der Deutsche dreht sich währenddessen weg, als wollte er ihr lieber nicht dabei zusehen. Die Laken sind ein wenig feucht, aber frisch, als wären sie beim Beziehen eben nicht ganz trocken gewesen. Immer noch abgewandt, erklärt der Deutsche, wie sie vorgehen werden. Nat erkennt in seinen Worten weniger Gleichgültigkeit als vielmehr eine Art professionelle Distanz, so als wäre ihm daran gelegen, dass sie nicht vergisst, dass ihrem Treffen eine geschäftliche Vereinbarung vorausgegangen ist. Trotzdem nimmt sie auch eine untergründig mitschwingende Unsicherheit wahr – vollständig beherrschen kann er seine Unruhe offenkundig nicht. Da verspürt Nat eine sanfte Zärtlichkeit, die aber sogleich wieder verfliegt. Sie sagt sich, dass dieser Mann unmöglich anziehend auf sie wirken kann und dass das mit dem Halbdunkel genau richtig ist – für einen Mann, der versucht, seine Nervosität zu verbergen, während er sich Hose und Hemd auszieht, und eine Frau, die dazu bereit ist, sich ihm hinzugeben, ohne den Grund für diese Hingabe recht zu begreifen.

So sieht sie es in diesem Augenblick: als Sich-Hingeben, Sich-Ergeben. Sie gesteht ihm etwas zu und bekommt von ihm etwas anderes dafür.

Alles verläuft gemäß dem vorher abgesprochenen Plan. Als er sich ihr zuwendet, ist er bereits sehr erregt. Zunächst kniet er vor ihr auf dem Bett und misst mit gesenktem Kopf, ohne ihr ins Gesicht zu sehen, den Raum zwischen ihren Beinen aus. Nat kann die Umrisse seines Penis erkennen. Neugierig sieht sie zu, wie er ein Kondom aus der Packung nimmt und sich vorsichtig überstreift. Dann kommt er allmählich näher. Sie spreizt die Beine und hebt die Hüfte an, um ihm den Zugang zu erleichtern. Sie *lässt ihn rein.* Sie lässt ihn in ihr drin sein. Darum hatte er gebeten: in ihr drin sein, eine Weile. Sanft, langsam, spürt sie seine Härte in ihrem Inneren, ein Kratzen, als er weiter eindringt, so sehr er sich auch bemüht, sich behutsam zu bewegen. Sie schließt die Augen. Um nicht mit seinem ganzen Gewicht auf ihr zu liegen, stützt der Deutsche sich auf seinen gestreckten Armen ab, später verzichtet er jedoch darauf und streicht ihr stattdessen mit den Händen langsam über die Seiten, bis zum Saum des T-Shirts – wo ihre Haut beginnt –, über die nackte Taille – wo er innehält. Nat hört ein leises Knurren, spürt die zuckende Entladung, lässt ihn dann noch ein bisschen in ihr sein, während sich die Anspannung löst. Es hat wieder angefangen zu regnen, rhythmisch trommelt es auf das Blechdach des Schuppens. Eine Katze miaut wehleidig, und der Deutsche löst sich von ihr, zieht sich wieder an und verlässt das Zimmer, damit sie sich ihrerseits säubern und in Ruhe anziehen kann.

Als sie sich zum Gehen wendet, sprechen sie nicht über das, was gerade geschehen ist. Sie weiß nicht, ob dieses Schweigen zur Abmachung gehört. Sie weiß auch nicht, ob es so war, wie er es sich erhofft hat. »Ich war schon lange mit keiner Frau mehr zusammen«, hat er gesagt, und jetzt ist er mit ihr zusammen gewesen. Hat sie seine Erwartungen erfüllt? Hat er die ersehnte Lust empfunden, obwohl ihr Zusammensein so kurz war und die Distanziertheit zwischen ihnen so groß? Möglichst kurz und distanziert: Diese Bedingungen hat er selbst gestellt. Vielleicht im Glauben, dass es ihr so weniger ausmachen werde, vielleicht aber ist es ihm auch selbst lieber so, hat er sich bewusst dafür entschieden.

Plötzlich überkommt sie das drängende Bedürfnis, zu wissen, wie er heißt. Einmal hat ihn jemand in ihrer Anwesenheit mit Andrea angesprochen, aber sie ist sich da nicht ganz sicher, Andrea ist doch ein Frauenname. Vielleicht heißt er in Wirklichkeit Andreas, nur dass die Leute hier in La Escapa, wie überhaupt im Süden, ein S am Wortende unweigerlich verschlucken. Soweit sie weiß, ist Andreas ein griechischer Name, aber vielleicht kommt er in Deutschland ja auch vor. Sagen deshalb alle lieber einfach nur *der Deutsche*? Danach fragen wird Nat ihn auf keinen Fall, ihr ist nur zu klar, dass derartige Fragen angesichts dessen, was zwischen ihnen geschehen ist, schlicht sinnlos sind. Sie streichelt den getigerten Kater – der eine Katze ist, wie sich herausstellt –, während der Deutsche – Andreas oder wie auch immer er heißt – einen Regenschirm holt, den er ihr leihen will. Denn dass sie nicht länger dableiben möchte, obwohl der Regen stärker wird, scheint sich von selbst zu verstehen. Oder ist vielleicht er es, der das nicht möchte?

Danke sagt er zum Abschied nicht. Richtig so, sagt sich Nat, schließlich war sie nicht aus Mitleid oder Selbstlosigkeit hier. Dennoch zieht sich ihr vor Kälte die Brust zusammen. Irgendwas vermisst sie doch, vielleicht, ja, trotz allem eine kleine Dankesbekundung.

Unter dem Ansturm ihrer eigenen Fragen kann sie in dieser Nacht kaum schlafen. Hat sie sich wie eine Hure verhalten? Wie soll sie das, was geschehen ist, deuten? Was würde ein Außenstehender dazu sagen? Wäre es etwas anderes, wenn sie Geld dafür bekommen hätte, gleich dort – wenn er ihr zum Beispiel Bargeld auf den Nachttisch gelegt hätte? Für sie wäre es etwas anderes, schließlich will sie kein Geld, sie will bloß, dass die leidige Sache mit den Dachziegeln gelöst wird, was letztlich die leidige Sache ihres Vermieters ist. Aber wäre es wirklich ein Unterschied, wenn er ihr Geld gegeben und sie mit diesem Geld einen Dachdecker beauftragt hätte? Käme nicht dasselbe dabei heraus? Nein, sagt sie sich, denn in diesem Fall hätte sie der Kette noch mehr Glieder hinzugefügt – das Geld, den Dachdecker –, die mit der ursprünglichen Verabredung nichts zu tun haben.

Entscheidend für sie ist letztlich, dass das Geld aus dem Spiel geblieben ist, Geld, das man sehen und berühren kann, das hilft ihr, die Sache nicht als Prostitution zu betrachten. Doch damit verschwinden die Zweifel nicht ganz. Versucht sie nicht bloß, sich herauszureden, etwas für sauber zu erklären, was nicht sauber ist? Glaubt sie wirklich, dass sie für eine simple Dachreparatur so weit gehen musste? Oder hat sie nur darauf gewartet, dass es wieder regnet, um eine Ausrede zu haben? Hätte sie das Geld nicht auch anders auftreiben können? Wenn sie alles Nötige für die Impfungen und sonstigen Behandlungen Siesos zusammengekratzt hat, warum dann nicht auch hierfür? Sie hätte dem Vermieter androhen können, auszuziehen, wenn er das Dach nicht in Ordnung bringt. Und sie hätte tatsächlich ausziehen können. Mit La Escapa verbindet sie nichts. Es gibt zig Orte in dieser Gegend, die genauso aussehen – Steineichen, Felder, staubige Wege, das findet sie überall. Und billige Häuser gibt es mehr als genug, auch Häuser, deren Dächer dicht sind.

Sie versucht, die Sache von außen zu betrachten Versucht, sich durch die Augen der anderen zu sehen, sich ihrem Urteil auszusetzen. Niemand würde ihr diese Rechtfertigungen abnehmen. Warum auch? Alle würden sagen, dass sie es getan hat, weil sie es im Grunde tun wollte. Dass es ihr gefallen hat. Dass es, wenn es um Sex geht, keine halben Sachen gibt – entweder Lust oder Ekel. Wenn sie keinen Ekel empfunden hat, ist ja wohl klar, was sie empfunden hat. Wäre es angemessener gewesen, würdevoller, wenn sie Widerwillen empfunden hätte, Ekel, Schmerz, wenn sie sich benutzt oder gedemütigt gefühlt hätte? Und wenn das Ganze länger gedauert hätte, was dann? Oder wenn er sie gezwungen hätte, sich zu bewegen, zu lutschen, zu beißen, irgendwelche Verrenkungen zu machen?

Aber es war ja schon nach wenigen Minuten vorbei. So viele Fragen für eine so kurze Zeitspanne, das passt nicht zusammen. Vielleicht, sagt sie sich, sollte sie die Sache einfacher angehen: Der Deutsche hat ihr ein Angebot gemacht, anfangs wollte sie nicht darauf eingehen, später dann schon. Sie muss diesen Umstand ja gar nicht genauer bestimmen. Er war offen und ehrlich. Hat nicht um den heißen Brei herumgeredet, sich nicht sabbernd an sie rangeschmissen wie der Nachbar beim Grillen. Der Deutsche hat seine Bedürfnisse vorgebracht, eine Bitte an sie gerichtet und im Tausch dafür etwas angeboten, etwas, das sie wirklich brauchen kann. Ihr Zusammensein ist mit aller nötigen Kälte abgelaufen, dabei weder schmutzig noch erniedrigend. Sie versucht, sich das Geschehen noch einmal Schritt für Schritt, Geste für Geste ins Gedächtnis zu rufen. Was hat er gesagt, welche Worte hat er wann genau verwendet? Was womöglich zu befürchten war – Ekel oder Reue –, spürt sie bislang nicht. Der Deutsche hat Einfühlungsvermögen gezeigt, Empfindsamkeit. Mehr als sie ihm zugetraut hätte, das muss sie zugeben – von ihm, der so grob aussieht, so wenig raffiniert wirkt, war das nicht unbedingt zu erwarten. Er hat versucht, ihr nicht wehzutun, sich mit den Händen abgestützt, um sie mit seinem Gewicht nicht zu erdrücken, war langsam und vorsichtig. In der Erinnerung spürt sie wieder die Wärme zwischen ihren Beinen, eine Wärme, die vor allem ihr Verstand, mehr als ihr Körper, empfunden hat. Und obwohl alles so schnell ging, ist es ein Gefühl von Langsamkeit, das in ihr zurückbleibt. Wie ist das zu erklären?

Jetzt muss sie unbedingt dafür sorgen, dass es nicht zu Missverständnissen kommt, er darf auf keinen Fall denken, so eine Gelegenheit könne es wieder geben, denn die wird es nicht geben. Sollte sich so ein Irrtum seinerseits abzeichnen, wird sie dem sofort und entschlossen entgegentreten. Was an dem zwischen ihnen Vorgefallenen möglicherweise anziehend wirken könnte – gleich darauf befindet sie, dass »anziehend« nicht das passsende Wort ist, und ersetzt es durch »stimulierend« –, was daran also stimulierend wirken könnte, sagt sie sich, ist gerade die Unwiederholbarkeit. Selbst wenn der Deutsche ein erneutes Treffen unter den genau gleichen Bedingungen vorschlagen würde, wäre es etwas ganz anderes, schließlich verfügt die Haut über ihr eigenes Gedächtnis, und wiederholen heißt vertiefen, und das – vertiefen – ist das Letzte, was sie sich jetzt wünscht.

Am nächsten Morgen fährt der Deutsche in seinem Lieferwagen vor und macht sich an die Arbeit. Nat fragt, ob er einen Kaffee möchte, aber er sagt, danke, er habe schon einen getrunken. Während er draußen den Schaden am Dach in Augenschein nimmt, setzt Nat sich an den Computer.

»Falls du mich brauchst, ich bin hier«, sagt sie.

Gleich darauf fällt ihr beschämt auf, wie zweideutig ihre Worte sind. Aber egal, was sie jetzt sagt, nichts davon klingt unschuldig. Diese Feststellung ärgert sie. Das hatte sie nicht bedacht.

Zu wissen, dass er sich in unmittelbarer Nähe befindet, macht es ihr unmöglich, sich zu konzentrieren. Selbst für die Übersetzung einfachster Sätze braucht sie eine halbe Ewigkeit. Ja, gerade die einfachen Sätze fallen ihr am schwersten. Wieder einmal spürt sie die Versuchung, das Ganze sein zu lassen. Warum soll sie sich mit etwas herumquälen, was ihr offenkundig nicht liegt? Mehrmals steht sie auf und betrachtet sich im Spiegel. Sie ist bleich, hat Ringe unter den Augen. Heute ist einfach nicht ihr Tag, sagt sie sich. Sie kämmt sich, schminkt sich ein wenig. Setzt sich erneut an den Computer. Hartnäckig nimmt sie sich wieder und wieder denselben Absatz vor.

Der Deutsche streckt den Kopf zur Tür herein, und sie erschrickt. Er sagt, er fährt nach Petacas, Dachziegel kaufen, er weiß jetzt, wie viele er genau braucht. Wenn er zurückkommt, muss er auch drinnen arbeiten, er hofft, er belästigt sie nicht, er wird versuchen, schnell fertig zu werden – keine Sorge, er braucht nicht lange. »Gut«, sagt Nat und zuckt erschrocken zusammen, während der Deutsche wieder verschwindet. Er möchte sie nicht belästigen, er braucht nicht lange – genau so hat er sich am Tag davor ausgedrückt und dabei auch genau so hastig gesprochen, mit denselben sich überstürzenden Silben. Kann er denn nicht anders sprechen?

Er braucht den ganzen Tag für die Reparaturarbeiten. Drinnen wie draußen dichtet er alles sorgfältig ab und setzt die neuen Ziegel ein. Außerdem bringt er eine Dachrinne an, erklärt er, damit das Regenwasser ordentlich abfließt und sich nicht an den falschen Stellen ansammelt. Wie viel er für die Ziegel, die Dachrinne und die Spezialfarbe ausgegeben hat, weiß sie nicht; dazu sind da noch ein paar andere Sachen, die er benutzt hat, wofür genau, hat sie keine Ahnung. Alles zusammen, plus die Arbeitszeit und die nötigen Kenntnisse und Fähigkeiten, ergibt den Preis, den sie am Abend davor für ihren Körper veranschlagt hat. Ist das viel oder wenig? Darüber hat der Deutsche kein Wort verloren. Er hat überhaupt nur das Allernötigste gesagt. Und Pausen hat er bloß eingelegt, um zu rauchen und schweigend durch den Garten zu streifen. Nat denkt: Er will mich in Ruhe lassen, er glaubt, ich würde mich sonst unwohl fühlen. Unwohl fühlt sie sich in Wirklichkeit aber wegen seiner Zurückhaltung. Wie kühl, sagt sie sich. Aber auch: Was hat sie denn erwartet? Wärme? Herzlichkeit? Wenn also genau das passierte, wenn er sich liebevoll, ja, zutraulich geben würde, als wollte er sie daran erinnern, dass er buchstäblich in ihr Innerstes vorgedrungen ist und dass sich das nicht mehr rückgängig machen lässt, wäre es doch schlimmer, viel schlimmer.

Mit jeder Stunde, die vergeht, wird ihre Wut größer und größer. Sie kann weder übersetzen noch lesen oder sich sonst wie ablenken, selbst Siesos Anwesenheit stört sie. Als sie irgendwann merkt, dass der Deutsche seine Sachen zusammenpackt, überlegt sie, ob sie ihm ein Bier anbieten soll, aber da streckt er wieder den Kopf zur Tür herein, um sich zu verabschieden. Anstalten, hereinzukommen oder wenigstens über die Schwelle zu treten, macht er keine, also lässt sie das mit dem Bier. Er hat bestimmt Besseres zu tun, sagt sie sich. In seinem Garten zum Beispiel. Oder wo auch immer, wer weiß, ob er nicht noch andere Reparaturaufträge hat, so wie bei ihr. Sie verabschiedet sich gleichmütig und bedankt sich erst ganz zum Schluss. Womit sie schon wieder etwas falschmacht: Nicht sie hätte sich bedanken müssen, sondern er.

»Ich hab gestern den Deutschen bei dir auf dem Dach rumklettern sehen«, sagt Píter.

Die leise Verachtung in seiner Wortwahl – »rumklettern« – ist nicht zu überhören, und Nat, die sich ertappt fühlt, ergeht sich in weitschweifigen Erklärungen. »Es gab ein paar undichte Stellen, er hat das in Ordnung gebracht«, sagt sie. »Er hat nur wenig dafür genommen, außerdem hat er gut gearbeitet, sauber und schnell.« Bei diesen Worten wird sie rot – sauber und schnell. Aber musste wirklich sie das bezahlen?, fragt Píter empört. Nein, natürlich nicht, die Kosten übernimmt der Vermieter. Mit – wie so oft – hochgezogener Braue verkündet Píter, der Deutsche sei ein Pfuscher. Er versteht nicht, warum sie sich an ihn gewandt hat – er hätte ihr doch helfen können. Ein Dach flicken ist schließlich keine große Sache.

»Ich glaube, er hat wirklich gut gearbeitet«, sagt Nat hartnäckig. »Er hat den ganzen Tag dafür gebraucht. Er hat sich richtig Zeit dafür genommen.«

»Das heißt gar nichts. Dass einer lange braucht, heißt nicht, dass er sich auch wirklich reinhängt. Das kann genauso gut heißen, dass er bloß ungeschickt ist. Oder dreist – so kann er mehr abrechnen. Wie viel hat er denn genommen?«

Nat stammelt:

»Ich hab ihn nicht bezahlt, das hab ich doch gesagt.«

»Heißt das, du weißt nicht mal, wie viel er dafür bekommt?«

»Keine Ahnung, er hat das mit dem Vermieter ausgemacht.«

»Vorhin hast du gesagt, dass es billig war.«

»Na ja, das nehme ich jedenfalls an. So knausrig, wie mein Vermieter ist, kann es nicht viel gewesen sein.«

»Eine Abmachung zwischen dem Deutschen und deinem Vermieter!«, sagt Píter und schnalzt mit der Zunge. »Und auf so was lässt du dich ein ...«

Nat lacht, gesteht ihren Fehler ein, aber was solle sie machen?, sagt sie. Ob der Deutsche ein Pfuscher ist, weiß sie nicht, aber ein komischer Typ auf jeden Fall. Warum heißt er eigentlich »der Deutsche«? Heißt er nicht Andreas oder so ähnlich? Ja, Andreas, bestätigt Píter. Seine Mutter war Deutsche oder Kurdin oder eine Kurdin, die in Deutschland gewohnt hat, er erinnert sich nicht genau. Aber ist er denn in Deutschland geboren? Nein, das glaubt er nicht, er weiß es nicht. Nach La Escapa ist er vor ungefähr fünf Jahren gekommen, aber über seine Vergangenheit hat er nie was erzählt. Er ist immer allein unterwegs, arbeitet, wo es sich gerade ergibt, und ist, er sagt's noch mal, ein Pfuscher, allerdings. Soweit er weiß, hat er in Petacas als Betonbauer gearbeitet, und als Ausfahrer. Er macht auch Klempnerarbeiten, kleine Reparaturen und so was. Jetzt hat er's mit Gemüseanbau. Irgendwie kommt er jedenfalls durch. Aber er spricht mit niemandem,

Freunde hat er keine. Dass er zurückhaltend ist, lässt Píter als Erklärung nicht gelten. In einer so kleinen Ortschaft wie La Escapa wirkt es verdächtig, wenn sich jemand dermaßen abseits hält. Darum und wegen noch ein paar Sachen ist er der Ansicht, dass man dem Typen nicht trauen kann.

»Was für Sachen denn?«

»Alles Mögliche, keine Ahnung, Sachen, die er macht, oder von denen ich gehört habe, dass er sie macht.«

»Zum Beispiel?«

»Ach, Nat, daran erinner ich mich nicht so genau.«

»Und warum sagst du dann so was über ihn? Es hört sich jedenfalls ganz schön schlimm an.«

Píter lächelt, es ist aber kein Lächeln, das Nähe erzeugt, im Gegenteil, so lächelt jemand, der bestimmte Dinge weiß oder zu wissen vorgibt.

»Ich verstehe nicht, warum du dich auf einmal so für ihn interessierst. Was kümmert dich der Deutsche? Es ist, als wolltest du ihn in Schutz nehmen.«

Auch Nat lächelt jetzt. »Ich bin bloß neugierig«, versichert sie. Schließlich war er den ganzen Tag hier bei ihr. Und ja, das muss sie schon zugeben: Dass er so schweigsam ist, ist ein bisschen seltsam. Er hat nur das Allernötigste gesagt, nicht ein Wort mehr.

Sie wacht vom Geräusch des Regens auf. Ein munteres chaotisches Geplätscher, die Tropfen landen in der Dachrinne, die der Deutsche gekauft und angebracht hat. Sie soll dafür sorgen – das hat er versprochen –, dass das Wasser in der vorgesehenen Weise abfließt und sich nicht zwischen den Ziegeln ansammelt. Bei dem Geräusch muss Nat an den Tag zurückdenken, als sie bei ihm war, damals war auch der Regen zu hören, auf dem Blechdach des Schuppens. Der

Deutsche strich ihr mit den Händen gerade über die Seiten, als es zu regnen anfing – es war die einzige Zärtlichkeit ihr gegenüber –, von den Achseln hinab bis zur Hüfte, über den Stoff des T-Shirts bis zu ihrer nackten Haut, langsam und sanft. Bei der Erinnerung erschrickt sie. Sie macht das Licht an und versucht zu lesen, aber vergeblich. Ein Schauer läuft ihr über den Rücken. Sie spürt Beklemmung, fühlt sich wie ein brünstiges Tier. Was ist nur los mit ihr?

Am Morgen macht sie sich wieder an die Übersetzung. *Ce n'était pas une vision. J'ai touché ses cheveux…* Die Worte hallen lange in ihrem Kopf nach, leer, stumm, formlos, bis sie allmählich Bedeutung annehmen, alle möglichen Bedeutungen. Die Haare berühren oder die Haare streicheln? Berühren klingt nicht gut, aber so steht es im Original. Hätte die Autorin nicht *caresser* geschrieben, wenn sie ans Streicheln gedacht hätte? Und Haare? Warum nicht Haar? Klingt das nicht natürlicher, das Haar streicheln, das Haar berühren? Wie würde sie es selbst sagen? Die Taille berühren oder die Taille streicheln? Was ist der Unterschied zwischen berühren und streicheln? Sie übersetzt: »Es war keine Vision. Ich habe sein Haar berührt.« Als sie die beiden Sätze noch einmal liest, spürt sie, wie der Ekel in ihr aufsteigt. Sie steht auf und geht im Zimmer hin und her. Sieso folgt ihr mit dem Blick, es ist kein ungetrübter Blick, es ist, als verberge sich da ein Urteil in seinen Augen.

Ein paar Stunden später ruft jemand draußen mit klarer Stimme nach ihr. Jenseits des Gartenzauns steht der Deutsche, ruhig, aufrecht, geduldig. Er hat seine Arbeitskleidung an, die Brille ist verrutscht. Er will bloß wissen, wie es aussieht. Wie es aussieht, sagt er noch einmal, nach dem Regen in der Nacht. Darum ging es also, sagt sich Nat. Bloß darum? Möchte er bloß nach der Reparatur fragen? Spröde sagt sie:

»Gut, danke. Alles trocken.«

Er deutet ein schiefes Lächeln an – zeigt seine Zufriedenheit über die gute Arbeit. Nur deshalb hat er sich herbequemt, sagt sich Nat. Nichts weiter? Wirklich? Meint er nicht, dass sie eine Entschuldigung verdient hat, eine Erklärung, wenigstens ein kleines Zeichen der Dankbarkeit? Am liebsten würde sie ihm das sagen, sie belässt es jedoch bei einer Bekräftigung: »Alles bestens, kein Tropfen durchgekommen.« Sehr gut, erwidert er, genau das habe er hören wollen.

»Falls es doch Probleme gibt, sag Bescheid«, fügt er hinzu, bevor er ihr den Rücken zukehrt.

Nat steht reglos da. Wütend. Sie will nicht, dass er geht, doch gleichzeitig möchte sie, dass er augenblicklich verschwindet. Sie hasst den Klang seiner Stimme, die haarsträubende Taktlosigkeit bei der Wortwahl. Falls es doch Probleme gibt, hat er gesagt. Und was ist mit den anderen Problemen? Schon lange hat sie sich nicht mehr so schlecht gefühlt, so elend.

Was soll das, einfach so bei ihr zu aufzukreuzen? Woher nimmt er das Recht dazu? Auf dem Dorf machen das alle so, klar, aber wird es davon besser? Sie war ruhig – oder versuchte, zur Ruhe zu kommen –, wollte niemanden sehen, erst recht nicht den Deutschen. Doch da stand er auf einmal vor ihr, und sie – mit ungewaschenen Haaren, ungewaschenem Gesicht, im Schlafanzug – musste so tun, als wäre das die normalste Sache der Welt, musste ihren Stolz überwinden und sich benehmen, als handelte es sich um einen total freundlichen nachbarschaftlichen Besuch, und das, nachdem sie sich gerade erst auf einen primitiven Tausch eingelassen hat – Sex gegen Dachreparatur. Geht's noch? Die Vereinbarung, das Erdulden, wie sieht's aus nach dem Regen in der Nacht, falls es doch Probleme gibt, sag Bescheid. Er merkt nicht mal, wie wütend ich bin, sagt sich Nat. Nicht mal das. Vor zwei Tagen hat er sie in sein Schlafzimmer abgeschleppt, und jetzt sieht er sie vollkommen gleichgültig an, als wäre sie eine Ziege oder ein Hund. Mag ja sein, dass auch er bereut, was er mit ihr gemacht hat, jetzt, wo er sie bei Tageslicht sieht. Schon ewig mit keiner Frau mehr zusammen, um dann ausgerechnet an sie zu geraten, an sie, den letzten Schrott.

Auf dem Weg zum Laden sieht sie Joaquín und Roberta vor sich. Untergehakt schleppen sie sich den schlammigen Straßenrand entlang. Nat holt sie mühelos ein. Ein bestimmtes Ziel haben sie nicht, sie gehen bloß ein wenig spazieren, drehen eine Runde. Joaquín sagt, sie müssen sich ein bisschen die Beine vertreten, der Arzt hat es ihnen empfohlen. Es ist gut für die Gesundheit, für Körper und Geist, fügt er an und zwinkert Nat verschwörerisch zu. Roberta scheint Nat wiederzuerkennen, sie lächelt liebevoll und grüßt höflich. Nat merkt jedoch, dass sie nicht genau weiß, wen sie vor sich hat, bald hält sie sie für das Mädchen aus dem Laden, bald für jemanden, der Sofía heißt und offenbar zur Familie gehört. Sie formuliert anspruchsvolle und korrekt gebaute, komplexe Sätze und drückt sich sehr gewählt aus, aber was sie sagt, entbehrt jedes Sinns, die Logik ihrer Sprache hat mit jener der Wirklichkeit so gut wie nichts zu tun. Joaquín zieht warmherzig die Brauen hoch, als wollte er um Entschuldigung bitten. Da erkundigt Roberta sich nach dem Hund.

»Welcher Hund?«

»Na, der magere Hund. Geht es ihm besser?«

Nat ist froh, dass das Gespräch auf sicheres Terrain gelangt.

»Ich war mit ihm beim Tierarzt. Jetzt ist er geimpft, und er bekommt gutes Futter. Ich glaube, er hat sogar ein bisschen zugenommen. Aber er traut mir immer noch nicht. Kann sein, dass er früher schlecht behandelt worden ist.«

»Mit den Ziegelsteinen.«

»Mit den Ziegelsteinen? Keine Ahnung, womit, vielleicht mit normalen Steinen … oder was weiß ich.«

Roberta starrt sie aus der Tiefe ihrer pechschwarzen, ganz und gar klaren Augen an.

»Nein! Nicht der Hund! Der Deutsche und die Ziegelsteine!«

Der Deutsche. Sie hat richtig gehört, die alte Frau hat eindeutig »der Deutsche« gesagt.

»Was ist mit den Ziegelsteinen?«, sagt Joaquín.

»Alles!«

Jetzt merkt man ihr die Verzweiflung an, sie möchte unbedingt, dass die anderen sie verstehen. Sie zeigt mit dem Finger auf Nat.

»Sie gibt ihm Obst, und er bringt die Ziegelsteine.«

Nat steht entgeistert da, öffnet den Mund leicht, sagt aber kein Wort. Joaquín dagegen lässt nicht locker:

»Das Obst? Das Obst ist nicht von der Frau. Es ist von dem Deutschen, aus seinem Garten. Er verkauft das Obst. Wir kaufen auch bei ihm, erinnerst du dich nicht?«

Roberta kichert leise, als wäre ihr etwas Lustiges eingefallen. Mit gesenktem Kopf murmelt sie sich selbst noch einmal denselben Satz zu: »Sie gibt ihm Obst, und er bringt die Ziegelsteine.« Nat versucht zu verstehen. Vielleicht hat die alte Frau ja Andreas bei ihr auf dem Dach gesehen, so wie Píter – wahrscheinlich haben ihn noch mehr Leute aus La Escapa da oben gesehen. Vielleicht soll Ziegelsteine Dachziegel heißen. Aber was meint sie mit dem Obst? Das Gemüse aus dem Garten? Oder etwas anderes? Sie schüttelt den Kopf.

Sie sollte sich nicht darum kümmern, was eine verrückte alte Frau von sich gibt. Sie ist selbst schuld, nur weil sie so empfindlich ist, versteht sie dauernd alles falsch.

Am Abend macht sie sich auf den Weg, diesmal aber nicht aus einem plötzlichen Antrieb heraus. Sie hat vorher lange darüber nachgedacht und sich in aller Ruhe vorbereitet – sie hat sich rasiert, geduscht, die Haare gewaschen, geföhnt, Parfüm aufgelegt, Kleidung ausgesucht, von der sie glaubt, dass sie ihr gut steht. Ein Teil von ihr ist sich der Widersprüchlichkeit ihrer Vorbereitungen bewusst. Wenn sie bloß die Absicht hat, zu reden – Rechnungen zu begleichen, die Situation oder wie auch immer sie es nennen möchte zu klären –, braucht sie sich nicht dermaßen zurechtzumachen. Aber das eine schließt das andere nicht aus, sagt sie sich dann, als verteidigte sie sich vor einem unerbittlich strengen Richter. Nervös, mit einem Gefühl der Beklemmung, bricht sie auf. Sie nimmt das Auto, es ist bereits stockdunkel, und allen Eingaben der Bewohner von La Escapa zum Trotz hat sich die Straßenbeleuchtung vorläufig kein bisschen gebessert. Sie fährt langsam, versucht möglichst wenig Lärm zu verursachen. Sie hat vor, plötzlich vor seiner Tür aufzutauchen, unangemeldet, es ihm mit gleicher Münze heimzuzahlen. Doch es herrscht eine solch vollkommene Stille – dichter, tiefer denn je –, dass alles, was sie bei der Ankunft macht – anhalten, den Motor ausschalten, die Handbremse anziehen –, ihren Plan lautstark unterläuft. Vorsichtig auftretend geht sie über den Kiesweg zum Haus und klopft an der Tür – eine Klingel gibt es nicht, oder sie kann keine entdecken. Sie hört Geräusche eines Fernsehers, die leiser werden, dann sich nähernde Schritte. Der Deutsche öffnet die Tür, sieht sie überrascht an und bittet sie herein. Sein Blick, der grobe, lahme, irgendwie begriffsstutzige Ausdruck in seinen Augen trifft Nat wie ein Peitschenhieb der Wut, der Verärgerung, und sie fragt sich, ob sie nicht im Begriff ist, schon wieder einen unverzeihlichen Fehler zu begehen. Aufgeregt fragt sie ihn, ob sie ihn kurz sprechen könne. Natürlich, sagt er, klar, stellt den Fernseher stumm – schaltet ihn allerdings nicht aus – und macht ihr Platz auf dem Sofa, indem er ein paar Kissen zur Seite schiebt und die getigerte Katze verscheucht. Dann fragt er, ob sie ein Bier möchte – sie sagt nein –, und lässt sich ihr gegenüber auf einem hässlichen durchgesessenen Sessel nieder – sie hat Zeit genug, um festzustellen, dass er ebendies ist: hässlich und durchgesessen.

Doch miteinander sprechen werden sie nicht. Weder jetzt noch in den folgenden Stunden, die ganze Nacht nicht.

Von da an nehmen ihre Gedanken völlig neue Wege. Sie richten sich nicht mehr auf das gewohnte Ziel, sondern schweifen frei umher, streben anderen Orten zu, sie kann sie nicht mehr lenken.

Es ist, als liefe in ihrem Kopf ein Film ab. Vor sich sieht sie die Bilder von Andreas und ihr, von ihr und Andreas, im Bett. Sein Körper, ihr Körper, jede einzelne Bewegung, die Falten der Laken, und dazu all die – wenigen – Wörter, die sie gesprochen haben. Der Film ist viel zu schnell zu Ende, ist zum Verzweifeln kurz, sie sieht ihn sich wieder und wieder an, sie badet in den Details, zieht jede einzelne Einstellung in die Länge, spult noch etwas weiter zurück – zu ihrer Ankunft vor seinem Haus –, dann voraus – zum Aufbruch und Abschied –, aber gerade die Letzteren hinterlassen einen bitteren, dunklen Geschmack in ihrem Mund. Es bleibt einfach nicht viel übrig. Bei Weitem nicht genug. Warum sie den Film dermaßen ausdehnen will, versteht Nat selbst nicht. Es ist ihr ein Bedürfnis, das zu ergründen sie sich bisher nicht die Mühe gemacht hat. Sie trägt den Film unablässig mit sich herum, ganz einfach, sie kann sich nicht davon freimachen, seine Bilder haben sich ihr im Innersten eingeprägt und schieben sich ihr von dort aus vor die Augen, wohin auch immer sie blickt und egal, wo sie sich gerade befindet.

Ist es Obsession? Ja, eindeutig ist es Obsession. Aber nicht nur das, sagt sie sich. Es ist Willenlosigkeit, eine Metamorphose, eine radikale Veränderung ihrer Erwartungen. Was außerhalb von ihr war, so fern wie die Landschaft, was unsichtbar und reizlos war, befindet sich jetzt in ihrem Inneren, hat sie in Beschlag genommen und wirft alles über den Haufen.

Alle Ordnung ist auf den Kopf gestellt, vollkommen durcheinandergewirbelt.

Um sich die Sache zu erklären, muss sie auf eine äußere, fremde Macht zurückgreifen. Beim ersten Mal, an dem Tag, als sie ihren seltsamen Pakt geschlossen haben, hat Andreas ihr sein Gift eingeflößt, ja, so war es. Nat war sich der Falle nicht bewusst, doch als sie sich wieder angezogen hat und gegangen ist, trug sie das Gift in sich, und seitdem hat es sich immer weiter in ihr ausgebreitet. Mit verheerender Wirkung. Seit diesem Tag ist sie ihres Willens beraubt und muss immer wieder zurückkehren, sie kann nicht anders – das Gift verlangt neues Gift, ein Gegenmittel gibt es nicht. Sie hat sich nicht für Andreas entschieden, hat nicht nach ihm gesucht – er hat sich ihr aufgezwungen. Sie müsste sich dagegen auflehnen, aber das ist unmöglich, sie ist gefangen. So sieht sie es jetzt. So erklärt sie es sich, auf kindliche, magische Weise. Dass diese Erklärung unhaltbar ist, weiß sie genau. Um sich nicht widersetzen zu müssen, gibt es jedoch nichts Besseres.

Und warum sollte sie sich auch widersetzen?, fragt sie sich. Was wäre dadurch gewonnen? Oder verloren?

Sie beschließt, noch einmal hinzugehen. Und noch einmal. Und noch einmal. Der Film wächst Meter um Meter, wird lang und länger. Aber nie lang genug.

Er nimmt sie jedes Mal bereitwillig in Empfang. Es geht jetzt nicht mehr um eine kühle Vereinbarung, um etwas, das sich in fünf Minuten erledigen lässt. Jetzt verbringen sie Stunden miteinander, dösen für eine Weile nebeneinander, fangen dann wieder von vorne an. Die Unterbrechungen sind nur dazu da, um Kraft zu schöpfen, es sei denn, es ist Zeit, zu gehen, aber auch dann ist es nicht zu Ende, es ist nie zu Ende. Nat hat so etwas noch nicht erlebt, nichts dergleichen. Dieser Mann, Andreas, holt etwas völlig Neues aus ihr heraus, etwas Unerschöpfliches, Süchtigmachendes. Heißt es nicht immer, dass Männer von einem gewissen Alter an schneller ermüden? Andreas ist unermüdlich.

Und trotzdem nicht so gierig wie Nat, oder nicht so gierig, wie sie unter diesen Umständen erwartet hätte. Von der qualvollen Getriebenheit, die sie bei anderen Männern erlebt hat, ist bei ihm nichts zu erkennen, er lässt nicht plötzlich irgendwelche Masken fallen, sobald sich die Schlafzimmertür schließt. Ebenso wenig scheint er von dem Wunsch besessen, sich um jeden Preis durchzusetzen, in dem subtilen, unerklärten Krieg zu siegen, der die Ohnmacht oft genug begleitet. Andreas' Sexualität ist die eines einfachen Mannes, sagt sie sich, eines friedlichen Mannes. Auf dem Weg, den sie gemeinsam zurücklegen, gibt es weder Angst noch Beklemmung, nichts Obszönes, weder Schüchternheit noch Kränkung. Wie Geschwister liegen sie nackt nebeneinander. Dem Orgasmus braucht Nat nicht hinterherzulaufen, muss nicht verzweifelt an seiner Tür kratzen und um Einlass flehen. Sie braucht bloß den Signalen zu folgen, die ihr Körper aussendet, lustvolle, genaue Anweisungen, die unfehlbar zum Erfolg führen. Wie von selbst hat ihr Körper eine solche Weisheit erlangt, dass es kaum noch eine Rolle spielt, dass Andreas ein Unbekannter ist. Eint sie ein geheimes, heiliges, unzugängliches Wissen? Falls ja, muss es sich um eine religiöse Verbindung handeln, wie sie zwischen den Mitgliedern einer Sekte besteht – die übrigen bleiben davon ausgeschlossen, die Weltlichen, die Anfänger, die Uneingeweihten.

Und doch: Wenn sie fertig sind, sind sie unfähig, einander in die Augen zu sehen. Scham stellt sich ein, kleine Gesten des Misstrauens tauchen auf. Nat betrachtet ihn heimlich, der Anblick dieses Körpers, der gerade noch ihr gehört hat und auf einmal wieder völlig fremd erscheint, zieht sie in seinen Bann. Auch ihr eigener Körper wandelt seine Form – oder verkehrt sich in sein Gegenteil –, als löste sich das Trugbild von Gewandtheit und Schönheit in Luft auf. Sie erschrickt darüber. Wenn sie sich, mit dem Rücken zu ihm, in der Küche ein Glas Wasser eingießt oder sie einander im trüben Licht der alten Deckenlampe gegenübersitzen, sind ihre Körper keine Verbündeten mehr, sondern haben sich wieder in Feinde verwandelt.

Eine flüchtige Berührung, eine erneute Annäherung, genügt jedoch, um das Rad von Neuem in Gang zu setzen. Groll und Begehren, Beklemmung und Taumel, das sind, im Wechsel, die Zähne dieses Rads.

Die distanzierte, gefühllose, schroffe Nat hat sich in ein hungriges Wesen verwandelt. Das geht so weit, dass sie sich selbst im Zaum halten muss, um nicht ständig zu Andreas zu laufen und nicht auch noch die Nächte bei ihm zu verbringen. Er hat nie darum gebeten, und sie sagt sich, dass das auch besser so ist: lieber den Reiz des Verbotenen beibehalten, sich in Abständen treffen, heimlich, auch wenn ein Teil von ihr entzückt wäre, würde Andreas sie drängen, länger zu bleiben – oder wenigstens diese Möglichkeit ins Spiel bringen! –, weshalb sie immer auch leise Enttäuschung verspürt, wenn er ihr beim Weggehen hinterherblickt, ohne den Versuch zu machen, sie umzustimmen.

Sex? Geht es wirklich nur um Sex? Wenn sie bedenkt, was sich unter ihrer Haut abspielt, an den hartnäckigen und tyrannischen Schauder denkt, sieht es ganz danach aus. Sie weigert sich aber, die Sache darauf zu beschränken. Für sie war Sex immer zweitrangig. Angenehm, ja – ab und an –, aber auch auf angenehme Weise zweitrangig. Mühelos beiseitezuschieben. Etwas, das sich ausblenden, ja, komplett aus ihrem Leben streichen ließ. Neugierig und gleichzeitig kalt, so war sie schon immer. Die Männer, für die sie sich früher interessiert hat, waren ganz und gar anders als Andreas. Sie hörte sich gern ihre Geschichten an – oder ging gern mit ihnen spazieren oder ins Kino oder etwas trinken, lachte gern mit ihnen –, das reizte sie normalerweise viel mehr, als mit ihnen zu schlafen. All das langweilte sie trotzdem irgendwann, die Bettgeschichten jedoch unfehlbar als Erstes. Ihr Körper verweigerte sich zusehends jeder Berührung, wurde störrisch und spröde. Kalt sei sie, hatte ihr mal jemand vorgehalten, und meinte damit offensichtlich ihre ganze Persönlichkeit, nicht nur ihren Körper.

Als sie noch ein Kind war, hat ein Mann aus der Nachbarschaft sie mehrmals missbraucht. Danach spürte Nat jedes Mal Verwirrung – Schuld und Angst auch, vor allem aber Verwirrung –, obwohl sie, sobald sie dem Typen entkommen konnte, weiterlebte, als wäre nichts gewesen. Er hatte sie sich auf die Knie gesetzt und an ihr gerieben. Er tat ihr nicht weh. Er war nett, Nats Eltern mochten ihn sehr, ein alter Mann – so erinnert sie sich zumindest an ihn, auch wenn er möglicherweise kaum älter als fünfzig war –, ein Einzelgänger, ein Musikliebhaber mit kleinen gütig blickenden Augen, seine Frau war wenige Jahre zuvor an Krebs gestorben. Ihren Eltern gegenüber konnte Nat nicht schlecht über ihn reden, sie hatte das Gefühl, sie habe kein Recht dazu. Obwohl sie versuchte, ihm aus dem Weg zu gehen, mochte auch sie ihn auf ihre Art. Hat all das ihre spätere Sexualität geprägt? Nat glaubt das nicht, auch wenn man das in Fällen wie diesem so sagt – von wegen »die unauslöschlichen Spuren der Vergangenheit«. Und wenn es doch so war, wenn dieser Mann sie zu einem bindungsunfähigen und gefühllosen Wesen gemacht hat, hat sich das inzwischen, einem anderen Mann sei Dank, unerwarteterweise ganz und gar geändert.

Immer wieder ruft Píter an. Beim ersten Mal sagt Nat, sie habe zu viel zu tun, dann, es gehe ihr nicht gut, sie habe starke Kopfschmerzen, der Nacken und der Rücken täten ihr auch weh, das komme vom stundenlangen Sitzen, wenn sie übersetze. Ihre Ausreden sind unbeholfen und taktlos, das ist ihr bewusst, aber sie sagt sich, dass sie ihm später alles erklären wird. Doch die Tage vergehen, und nie bietet sich ihr die Gelegenheit. Eines Abends, als sie gerade aus dem Haus gehen will, steht plötzlich Píter vor der Tür.

»Na, das ist aber eine Überraschung!«, ruft er aus.

Er mustert sie lächelnd, aber auch mit gerunzelter Stirn, als wollte er einem Rätsel auf den Grund gehen. Ob sie Zeit hat für ein Bier, fragt er schließlich. Er ist gerade auf dem Weg nach Petacas, er muss ein paar Sachen besorgen. Sie könnte doch mitkommen und mit ihm was trinken gehen, wär das was?

Nat antwortet nicht sofort. Auf einmal weiß sie nicht, wie sie auf einen so einfachen und alltäglichen Vorschlag reagieren soll. Noch bevor sie etwas sagt, schüttelt sie den Kopf. »Lieber wann anders«, antwortet sie dann. »Wann anders?«, erwidert Píter lachend. Er hat schon mehrere Male bei ihr vorbeigesehen, und nie war sie da. Was hat sie denn so Wichtiges zu tun? Sie ist doch im Grunde ausgehfertig, wenn er das richtig sieht, sie braucht bloß ihre Handtasche zu nehmen, und sie können los. Sie braucht nicht mal Geld mitzunehmen – er lädt sie ein. Oder wollte sie gerade woandershin?

»Ich wollte mir bloß ein bisschen die Beine vertreten, das ist alles.«

»Na dann vertritt sie dir mit mir!«

»Nein, wirklich, lieber wann anders. Ich möchte gern allein sein.«

Píter hebt beschwichtigend die Hände. Ganz ruhig, sagt er, er will sie auf keinen Fall stören. Wollte er noch nie. Er hat bloß gedacht, ein bisschen Gesellschaft würde ihr guttun, vor allem, wenn sie so schlimme Tage hinter sich hat, völlig allein und mit solchen Schmerzen, wie sie sagt. Oder hat sie jemand anderen, der ihr Gesellschaft leistet? Vielleicht war sie ja gar nicht so allein.

»Mir brauchst du nichts zu verheimlichen.«

Unruhe ergreift Besitz von Nat. Píters Worte klingen nicht vorwurfsvoll, im Gegenteil, nett und nicht ohne Zuneigung, so wie wenn Freunde sich zum Spaß ein bisschen necken. Aber dahinter lauert auch eine untergründige moralische Verpflichtung – jemanden, der sich ihr gegenüber so hilfsbereit gezeigt hat, darf sie nicht anlügen. Darum entschuldigt sie sich jetzt. Gibt zu, dass sie ihm eine Erklärung schuldet. Und verspricht, ihm diese Erklärung zu geben.

sobald sie kann. Píter will ihr versöhnlich eine Hand auf den Arm legen – »Schon okay« –, doch Nat weicht unwillkürlich zurück, lässt es nicht zu.

»Ich muss los, wirklich. Später erklär ich's dir«, wiederholt sie. »Versprochen.«

»Wenn, dann, was so besonders daran ist.«

»Wie?«

»Wenn du mir was erklärst, dann, was so besonders an der Sache ist. Das Wesentliche weiß ich ohnehin schon.«

»Worüber?«

»Über dich und den Deutschen.«

Nat ist sprachlos, während Píter sie verschmitzt anlächelt. Was heißt »das Wesentliche«? Meint er die Besuche bei Andreas – ihre wiederholten Besuche –, von denen er bestimmt schon gehört hat? Oder auch, was sonst noch dahintersteckt, das Tauschgeschäft mit den Dachziegeln?

Sieso beobachtet das Ganze aus ein paar Metern Abstand. Er liegt rätselhaft offiziös da, mit aufgestellten Ohren, die Augen zu Schlitzen zusammengezogen. Anubis, denkt Nat zerstreut, vielleicht sollte sie ihn Anubis nennen: Anubis, der Schakal, der Einbalsamierer, ein ziemlich eigenwilliger Gott, aber eben ein Gott. Píter reißt sie aus ihren Gedanken. Er sieht sie wieder ernst und gefasst an, streicht sich über den Bart, als würde er beim Sprechen angestrengt nachdenken, offensichtlich soll das seinen Worten mehr Gewicht verleihen.

»Wir sind hier in La Escapa, meine Liebe. Eine Handvoll Häuser und sonst nichts. Was hast du erwartet? Dass niemand etwas mitbekommt? Ich will bloß, dass es dir gut geht.«

»Mir geht's gut.«

»Und genau das will ich. Wenn es dir gut geht, habe ich nichts einzuwenden. Vergiss, worüber wir neulich gesprochen haben.«

»Was meinst du damit?«

»Neulich hast du mich doch nach ihm gefragt, und ich habe dir erklärt, warum ich ihm nicht über den Weg traue. Du hast mich ausgehorcht, und ich habe es nicht gemerkt, stimmt's?«

Nat wird rot, obwohl Píter schnell klarstellt – einmal mehr –, dass ihm das ja wirklich nichts ausmacht, dass er es vollkommen verstehen kann und dass er nichts einzuwenden hat – vorausgesetzt, es geht ihr gut.

Warum muss er das ein ums andere Mal betonen? Soll das eine versteckte Warnung sein? Sie verabschiedet sich, ein wenig beunruhigt, allzu sehr aber auch wieder nicht, viel wichtiger ist ihr – viel größer ihr Verlangen –, so schnell wie möglich loszukommen.

Doch diese spärliche Saat des Misstrauens wird aufgehen und Wurzeln in ihr schlagen.

»Habe ich dir von Anfang an gefallen?«

»Nein«, sagt Andreas, ohne zu zögern. Er tut nicht einmal so, als zögerte er – sein Nein ist eindeutig, erbarmungslos. In Wirklichkeit, fährt er fort, habe er sie kaum wahrgenommen. Er habe sie draußen auf den Wegen gesehen, oder im Laden, aber neugierig sei er nicht geworden. Er sei ohnehin ziemlich zerstreut. Das sei immer so, egal, worum es geht, oder um wen. Das sei schon immer so gewesen. Nat spürt ein Stechen im Hals, ein rauer, spitzer, punktgenauer, aber unerklärlicher Schmerz. Nur mühsam schluckt sie ihren Ärger hinunter.

»Dann könnte ich genauso gut jemand anders sein.«

Obwohl noch einige Zeit bis zum Sonnenuntergang bleibt, ist das Licht, das ins Schlafzimmer dringt, matt und trübe, als würde es gleich dunkel. Sie können sich kaum ins Gesicht sehen. Andreas überlegt eine Weile, richtet den Blick dann zur Decke.

»Du könntest jemand anders sein, und ich könnte auch jemand anders sein. Das ist immer so.«

»Aber wenn ich nach … nach dem ersten Mal nicht zu dir gekommen wäre, wäre dann nichts von alldem passiert?«

»Wahrscheinlich nicht.«

»Dass du das sagt, tut ganz schön weh …«

Andreas lächelt gedankenversunken.

»Das sollte es nicht. Aber wie auch immer, es ist passiert. Du bist du, und ich bin ich. Darauf kommt es an.«

Nat würde gerne fragen, was sie ihm bedeutet. Sie würde gerne sagen, dass sie, wenn alles bloß zufällig begonnen hat – durch einen so unwichtigen und banalen Umstand wie die Tatsache, dass das Dach ihres Hauses nicht ganz dicht war –, dass sie dann nicht versteht, warum sie sich immer noch treffen, ihre Abmachung hat sich schließlich längst erledigt. Sie weiß, dass es lächerlich ist, aber im Grunde wäre sie gerne die Auserwählte, wäre sie gerne einer von langer Hand geplanten Verführung erlegen. Gerne würde sie von Andreas hören, dass sie ihm gleich am ersten Tag aufgefallen ist, dass er sich nach und nach in sie verliebt hat, dass er lange überlegt hat, wie er sich ihr nähern kann, und dann bei der ersten sich bietenden Gelegenheit den Sprung einfach gewagt hat: eine romantische Geschichte anstelle der, ja was, … pornografischen? Aber Andreas sagt nichts dergleichen. Er sieht sie nur ernst an, als wäre der Schmerz – ihr Schmerz – eine bloße Erfindung, und er müsste bestenfalls Mitleid mit ihr haben und ansonsten nicht drauf eingehen.

»Bin ich dir denn etwa aufgefallen?«, fragt er schließlich. »Ist das nicht dasselbe?«

Nat dreht sich zur Wand, um ihre Tränen zu verbergen. Hier in diesem Bett hat alles angefangen, denkt sie, als er gesagt hat, sie solle bloß Hose und Slip ausziehen, wie es ihr lieber ist. Er hat sie genommen, weil die Prostituierten in Petacas zu fürchterlich sind, das hat er damals gesagt. Woher wusste er das? Ist er davor zu ihnen gegangen? Hatte er genug von den fürchterlichen Prostituierten in Petacas und sich deshalb lieber an sie herangemacht? Wer macht so was, was für ein Mensch muss man sein?

Andreas nähert sich ihr, streichelt ihr den Rücken, küsst ihren Hals. Ist ihr das, was ist, denn nicht genug?, fragt er. Einfach das, was ist? Warum muss sie allem eine Bedeutung geben? Was will sie damit erreichen? Nat antwortet nicht. Immer noch mit vor der Brust verschränkten Armen auf der Seite liegend, versucht sie den Dämon zu verscheuchen, der von ihr Besitz ergreift.

Am Samstagmorgen wird sie von den Stimmen der Nachbarn geweckt. Sie müssen am Abend davor gekommen sein, jetzt laufen sie, mit Festvorbereitungen beschäftigt, hektisch im Garten herum. Sie reden über Koteletts, Kohle und Grillanzünder. Die Kinder streiten mit spitzen, wütenden Schreien um ein Spielzeug. Nat bedeckt ihren Kopf mit dem Kissen. Sie ist erst spät in der Nacht von Andreas zurückgekehrt, bis zuletzt hat sie gehofft, er werde sie bitten, dazubleiben – damit sie dann Nein sagen kann –, jetzt lässt der Lärm sie nicht mehr einschlafen. Sie steht auf, kann sich aber zu nichts Bestimmtem entschließen. Auf dem Tisch liegt der Text, den sie übersetzt, die Seite, wo sie die Arbeit beim letzten Mal unterbrochen hat, es geht dort um das Schweigen – *de notre silence en particulier, une qualité de silence en particulier.* Aber wenn Schweigen die Abwesenheit von Worten bedeutet, was soll dann dieses Schweigen »im Besonderen« sein? Ist Schweigen nicht immer einfach nur Schweigen, so wie weiß immer weiß ist? Nein, es kommt natürlich auf die Umstände an, unter denen geschwiegen wird, das geht schon bei den Gründen für das Schweigen los. Gibt es keinen Unterschied zwischen Andreas' Schweigen nach dem Sex und ihrem? Wahrscheinlich doch, ahnt Nat, wahrscheinlich ist sein Schweigen ganz anders geartet.

Sieso fängt an zu bellen. Nat geht hinaus auf die Veranda und sieht Píter am Gartentor. Seine wunderschöne Hündin steht neben ihm und wedelt, vor Aufregung sabbernd, mit dem Schwanz.

»Hier, das bringe ich zum Chaletito«, sagt er und hebt einen Kasten Bier in die Höhe. »Bis gleich.«

»Bis gleich? Was heißt, bis gleich?«

»Bis gleich auf dem Herbstfest ... Bei den Nachbarn ...«

Er setzt den Kasten ab und sieht sie erstaunt an. Komisch, sagt er und reibt sich die Stirn. Haben die Nachbarn sie denn nicht eingeladen? Sie machen doch jedes Jahr ein Grillfest, um den Herbst einzuläuten. In La Escapa ist das mittlerweile fast schon eine Tradition. Vielleicht haben sie bloß vergessen, ihr Bescheid zu sagen.

»Soll ich sie dran erinnern?«

Nat schüttelt heftig den Kopf.

»Was soll ich bei dem Fest? Da hab ich sowieso nichts verloren.«

Aber Píter scheint sich darüber wirklich zu ärgern. Er beharrt darauf, zu vermitteln. Es sei wichtig, dass die Leute in der Dorfgemeinschaft sich gut verstehen. Als er »Dorfgemeinschaft« sagt, zieht er bedeutungsvoll die Brauen hoch.

»Na ja, ich bin bestimmt nicht die Einzige, die sie nicht eingeladen haben. Die Roma-Familie ist bestimmt auch nicht eingeladen. Oder Roberta. Sie sind auch überhaupt nicht verpflichtet, alle einzuladen, oder?«

»Also hör mal«, protestiert Píter. »Das ist doch nicht dasselbe!«

»Natürlich ist es das. Und wenn nicht, umso schlimmer. Dann will ich erst recht nicht dabei sein.«

Nat liegt, ehrlich gesagt, wenig an den Nachbarn. Wenn sie sieht, wie sie so tun, als ob das Chaletito wunderschön wäre – wie überhaupt das ganze Anwesen –, empfindet sie Verachtung, sie findet es lächerlich, dass sie sich – und ihre Kinder – offenkundig zwingen, andauernd vorzuführen, wie glücklich sie sind. Trotzdem macht es einem Teil von ihr – etwas Amphibischem, Reptilienartigem in ihr – sehr wohl etwas aus, dass man sie links liegen lässt. Was ist der Grund dafür? Was stört sie an ihr?

Píter gegenüber gibt sie sich gleichgültig, und ebenso, als sie später Andreas in einem nur mühsam zu kontrollierenden Anfall von Geschwätzigkeit davon erzählt. Sie sei nicht beleidigt, versichert sie, allerdings erstaune es sie doch etwas, dass die Nachbarn sie so offensichtlich ausschließen. Wahrscheinlich lehnen sie ihre Lebensweise ab. Finden es womöglich nicht gut, dass sie allein lebt, dass sie keinen Ehemann hat, der für sie den Rasen mäht, dass sie schon über dreißig ist und noch keine Kinder hat – nicht mal vorhat, welche zu bekommen –, und dass es ihr egal ist, wie gut oder schlecht die Kanalisation in La Escapa funktioniert oder was im Bildungssystem falschläuft – darüber konnten die Nachbarn und ihre Freunde sich beim letzten Mal ja nicht genug aufregen. Außerdem wissen sie bestimmt Bescheid über Andreas und sie, über ihre … Freundschaft – wie sie es nach einigem Zögern schließlich ausdrückt. Daran haben sie bestimmt auch etwas auszusetzen.

»Kann es nicht sein, dass sie dich einfach vergessen haben?«, unterbricht Andreas sie.

Nat glaubt, aus seinen Worten einen Vorwurf herauszuhören. Aber was genau wirft er ihr vor? Dass sie übertreibt? Dass sie sich zum Opfer stilisiert? Dass sie egozentrisch ist? Nein, vergessen haben sie sie sicher nicht, sagt sie. Unmöglich. Sie sind ja unmittelbare Nachbarn, ihre Grundstücke grenzen aneinander. Und sie haben sie auch schon ein paarmal eingeladen. Sie mögen sie nicht, anders kann's nicht sein, damit muss sie sich abfinden.

»Aber du magst sie doch auch nicht, oder?«

»Nein, natürlich nicht.«

»Würdest du sie denn zu dir einladen?«

»Ich würde niemals ein Grillfest veranstalten.«

Andreas lächelt.

»Dann kann es dir wirklich egal sein. Ihr sprecht eben unterschiedliche Sprachen.«

Ganz La Escapa weiß inzwischen über ihre Geschichte mit Andreas Bescheid. Genau wie Píter gesagt hat – es wäre naiv, anzunehmen, in einem so kleinen Ort, innerhalb einer so begrenzten »Dorfgemeinschaft«, würde sich derlei nicht binnen weniger Tage herumsprechen. Beim Einkaufen merkt sie, dass das Mädchen aus dem Laden sie anders behandelt, sie ist zurückhaltend, spröde, als wäre sie beleidigt. Auch ihre Mutter, die sonst immer kurz aufgetaucht ist, um sie zu begrüßen, geht ihr jetzt offensichtlich aus dem Weg, zieht sich irgendwo ins Lager zurück und tut, als wäre sie beschäftigt. In der Bar des Dicken wiederum spürt sie die Blicke der Bauarbeiter auf sich, sie mustern sie verstohlen und tauschen leise Bemerkungen über sie aus. Nat verzagt. Warum sind alle so feindselig, warum ist alles so verzwickt? Selbst der Vermieter scheint etwas zu wissen, bildet sie sich wenigstens ein. Als er das nächste Mal kommt, um die Miete zu kassieren, klopft er nicht nur betont auffällig an, er deutet auch verschmitzt lächelnd auf die Dachrinne.

»Da war ja ein richtiger Profi am Werk …«

Für einen Augenblick scheint es Nat nicht ausgeschlossen, dass der Vermieter nicht nur von ihrer Beziehung mit Andreas weiß, sondern auch, unter welchen Umständen sie zustande gekommen ist, also die gesamte Verkettung von Ursachen und Folgen, die sich, in Worte gefasst, einigermaßen hanebüchen, um nicht zu sagen lächerlich anhören würde. Mehr sagt der Vermieter allerdings nicht. Auch nicht, dass man ja vielleicht die Reparaturkosten mit der Miete verrechnen könne. Nicht mal ein Danke, nichts. Er beschränkt sich darauf, den Umschlag in Empfang zu nehmen und sich nach Sieso zu erkundigen. »Und was macht unsere kleine Bestie?«, fragt er. Bestie – dieses Wort ist Nat in der letzten Zeit beim Übersetzen häufiger begegnet: *Bête*. Auch wenn es jetzt eine andere Bedeutung hat, eine verächtlichere.

»Sieso? Gut geht's ihm.«

»Wirklich? Kaum zu glauben. Ich seh ihn nie.«

»Er versteckt sich eben.«

Der Vermieter lacht schallend.

»Er versteckt sich? Jetzt versteckt er sich also? Und vor wem, wenn ich fragen darf? Vor mir? Sehr witzig!«

»Ich habe nicht gesagt, vor wem. Bloß, dass er sich versteckt. Er ist ein Einzelgänger. Er macht sein eigenes Ding.«

»Er macht sein eigenes Ding.« Das hört sich gut an, prägnant, selbstsicher, verleiht dem Hund Würde. Ehrlicher, angemessener, wäre es zu sagen, dass Sieso scheu ist, mürrisch, dass mit ihm nicht zu spaßen ist. Bei dem Kampf, den Nat und der Vermieter auf anderer Ebene ausfechten, jenseits der Worte, würde sie ihm dadurch aber ein Zugeständnis machen.

»Und damit er besser sein eigenes Ding machen kann, bindest du ihn nachts an, oder wie?«

Nat erbleicht. Woher weiß er das? Treibt er sich nachts hier in der Gegend herum? Als sie antwortet, kann sie das Zittern ihres Kinns nicht unterdrücken. Wie früher, als Kind, wenn man sie beim Lügen ertappt hat.

»Ich binde ihn an, weil ich nicht möchte, dass er sich mit anderen Hunden anlegt. Kurz vor Sonnenaufgang drehen die Hunde hier jedes Mal völlig durch, fangen wie verrückt zu bellen an, alle gleichzeitig.«

»Wie verrückt? Das sind doch Hunde! Was sollen sie denn machen? Hunde bellen, fertig aus. Anbinden ist das Schlimmste, was du einem Hund antun kannst. Ein Hund muss seine Runde drehen können. Er muss Scheiße bauen und hinter Hündinnen her sein. Verrückt wird er, wenn du ihn nicht frei rumlaufen lässt, hundertprozentig!«

»Er muss Scheiße bauen und hinter Hündinnen her sein.« Und der Vermieter? Tut er genau das, wenn er sich nachts in La Escapa herumtreibt? Nat spürt, wie ihr Magen flau, ihre Knie weich werden. Wenn sie doch bloß so stark wäre, dass sie den Kerl einfach zur Tür rauswerfen könnte. Ist sie aber nicht. Ergeben wartet sie ab, bis er von selbst verschwindet.

Von da an beobachtet sie genau, wie Andreas sich in ihrer Gegenwart verhält, sie achtet auf den Tonfall, in dem er mit ihr spricht, auf die Art, wie er sich neben sie aufs Sofa setzt, wie viel Abstand er freilässt. Wie eine strenge Buchhalterin registriert sie jede Berührung an der Hand und jeden Blick, den er ihr zuwirft – und sei er noch so flüchtig –, notiert innerlich, wie viel Aufmerksamkeit er ihr schenkt, wenn sie etwas erzählt, die leisesten Veränderungen seiner Stimme, jeden Anflug von Freundlichkeit oder Ungeduld. Und immer scheint ihr etwas zu fehlen. Wenn sie zum Beispiel im Bett sind und irgendwann einschlafen, rückt er für ihr Empfinden viel zu früh von ihr ab oder umarmt sie viel zu kurz, um sich gleich darauf zur Seite zu drehen und in tiefen Schlaf zu versinken, sich in eine Welt zurückzuziehen, zu der ihr jeder Zugang verwehrt ist. Wenn sie ihn so schlafen sieht, fragt sie sich jedes Mal: Wie schafft er das bloß? Wie kann er sie, die unmittelbar neben ihm liegt, vollständig ausblenden? Nat schläft immer bloß für kurze Zeit ein – aus purer Erschöpfung –, nur um wenige Minuten später zitternd wieder aufzuwachen und bekümmert festzustellen, dass sie sich nicht berühren, dass jeder auf seiner Seite der Matratze liegt, ohne den geringsten Hautkontakt.

Beim Essen geht es ihr ähnlich. Sie hat einen Kloß im Hals, kann kaum schlucken und lediglich mit Mühe kauen. Er dagegen isst mit großem Appetit und verdrängt sie offensichtlich völlig, sobald er etwas mit der Gabel aufspießt oder das Messer benutzt, den Blick konzentriert auf Besteck und Teller gerichtet. Nat fragt sich, was ihm in solchen Augenblicken durch den Kopf geht. Vergisst er sie, schiebt sein Hunger sie beiseite? Umso heftiger empfindet sie den Gegensatz – sie kann sich seiner Anwesenheit nicht für eine Sekunde entziehen.

Manchmal macht sie das wütend. Ihre Persönlichkeit musste den Platz räumen, damit er sie vollständig besetzen kann, und sie hat ihn unterwürfig *in sich reingelassen*. Und er? Was hat sie dafür von ihm bekommen? Ihn scheint nichts beeindrucken zu können, als ginge ihn das alles nicht das Geringste an. Wenn sie etwas Persönliches erzählt, hört er schweigend zu, gibt keinerlei Kommentar ab, fragt nicht nach, versucht sich nicht mal an einer Einschätzung. Diese respektvolle Zurückhaltung, die sie bei anderen so schmerzlich vermisst, treibt sie im Fall von Andreas zur Verzweiflung. Liegt das an seiner Wesensart, daran, dass er so behutsam und reserviert ist? Vielleicht will er einfach nur nicht aufdringlich sein? Oder interessiert ihn das alles wirklich so wenig? Über sich selbst spricht er kaum, und wenn, bleibt es bei Äußerlichkeiten, Dingen ohne besondere Bedeutung, die weder ihm noch ihr nahegehen. Von seinem unpersönlichen, aseptischen Tonfall fühlt Nat sich auf seltsame Weise gedemütigt, als liefe sie jemandem hinterher, der nichts von ihr wissen will, ja, der ihren lächerlichen Eifer nicht einmal bemerkt.

Bei anderen Gelegenheiten überlässt sie sich dagegen ganz dem Rausch des Augenblicks und hat das Gefühl, gleich werde sie vor Glück platzen. Während sie sich, einander an den Händen haltend und immer noch wie betäubt, von der durchlebten Lust erholen, kommt es ihr vor, als sei sie soeben von einem Wirbelsturm erfasst und in eine andere Welt versetzt worden. Wenn Andreas schließlich aufsteht, presst sie das Gesicht in die Laken, um seinem Schweißgeruch nachzuspüren und, den Tränen nahe, immer wieder leise seinen Namen zu sagen. So eng wie sie können keine anderen zwei Menschen auf dieser Welt verbunden sein, sagt sie sich. Vielleicht hat Andreas recht, vielleicht ist es tatsächlich besser, ein Geheimnis nicht ergründen, nicht verstehen zu wollen, um es nicht kaputtzumachen.

Das Unbehagen des Glücks ist eine Idee, die sie inzwischen hartnäckig umtreibt – die Vorstellung von einem Glück, das den Samen der eigenen Zerstörung in sich trägt.

Einmal fragt sie Andreas, wie eigentlich seine Katze heißt. »Li«, sagt er.

»Li? Einfach nur Li?«

»Ja, genau, El-I. Einen Nachnamen braucht sie nun wirklich nicht, oder?«

»Und warum Li?«, fragt Nat weiter. »Hat das eine besondere Bedeutung?«

»Nein, was für eine Bedeutung soll das denn haben?«

»Ein schöner Name«, sagt Nat leise, aber nur, weil ihr nichts anderes einfällt. Insgeheim hat sie das Gefühl, schon wieder etwas falsch gemacht zu haben, auch wenn sie nicht weiß, was.

Weiter kommt man bei Andreas nur schwer. Wenn er eine ihrer Fragen beantwortet, hört es sich jedes Mal an, als wäre die Sache damit erledigt. Dass Nachfragen unerwünscht sind, klingt von Anfang an mit. Vielleicht besteht das Besondere seiner Sprechweise, anders als Nat gedacht hat, gar nicht darin, dass die Silben einander überstürzen, sondern in dem schneidenden selbstgenügsamen Tonfall, der immer mitschwingt, wenn er spricht.

Sie betrachtet ihn aus dem Augenwinkel, mit geschlossenen Augen liegt er neben ihr auf dem Rücken und ruht sich aus. Als er irgendwann eingeschlafen ist, stützt sie sich auf den angewinkelten Arm, um ihn sich besser – gierig – anschauen zu können. In seinen Zügen sucht sie nach Spuren seiner – türkischen, deutschen – Vorfahren, von denen sie nichts weiß: Über die Vergangenheit spricht Andreas nie. Sie kommt zu dem Ergebnis, dass sein Gesicht etwas ausgesprochen Majestätisches hat. Es ist genau, wie es sein soll, denkt sie, so und nicht anders. Für sich genommen, sind die einzelnen Bestandteile keineswegs schön, ja geradezu vulgär – die Hakennase, die prallen Lippen unter dem struppigen grauen Schnauzer, die violetten Schatten, die die tiefen Augenhöhlen noch zusätzlich betonen. Trotzdem ist die Gesamtwirkung überwältigend.

Nur wenn man ihn so betrachtet, wie sie es in diesem Augenblick tut, findet man einen Zugang zu seinem sonst so undurchdringlichen, harten, in sich abgeschlossenen Gesicht voller Geheimnisse. Ein Gesicht, das sie in Unruhe versetzt.

Was sich hinter seinen Lidern abspielt, bleibt ungreifbar.

Um den Gemüsegarten kümmert Andreas sich in der letzten Zeit kaum. Das fällt sogar Nat auf, die vom Gärtnern keine Ahnung hat. Gießen ist ja vielleicht nicht nötig, wenn es, so wie jetzt, immer wieder regnet, aber nur auf den Regen verlassen darf man sich auch nicht, von wegen, ein Großteil des Gemüses verdirbt, gerade weil es zu viel regnet. Beete, in denen das Wasser steht, abgefaulte Triebe, wild durcheinander hängende Zweige, Erde, aufgewühlt von den Katzen, die außerdem ins Haus kommen und Lis Futter stehlen ... So sieht es mittlerweile im Garten aus. Seit sie zusammen sind, entnimmt Andreas ihm nur noch Gemüse für den Eigenverbrauch, Nachbarn beliefert er nicht mehr, wenigstens soweit Nat weiß. Als sie ihn danach fragt, winkt er ab, unbekümmert, vielleicht aber auch nur träge. Der Garten sei unwichtig, sagt er dann, früher oder später wollte er ihn sowieso aufgeben.

»Das wäre aber schade, alles, was du anbaust, ist wirklich gut.«

Andreas nickt. Stimmt schon, sagt er. Da hat sie recht. Oder hatte recht. Inzwischen sind aber andere Sachen wichtiger.

Andere Sachen? Zunächst glaubt Nat, er beziehe sich auf sie – auf die mit ihr verbrachte Zeit –, gleich darauf sagt ihr ihre Ahnung jedoch, dass vielleicht genau das Gegenteil gemeint ist, und sie sieht ihn misstrauisch an.

Während Andreas sich eine Zigarette dreht, erklärt er, dass ein Freund von ihm – oder vielmehr ein Bekannter – letztes Jahr in Petacas ein Vermessungsbüro aufgemacht hat. Anfangs hat er allein gearbeitet, aber mittlerweile hat er sich einen passablen Kundenstamm aufgebaut und braucht Leute, die ihm helfen. Er wird also künftig als Vermessungstechniker für ihn arbeiten. Genauer gesagt, ab nächster Woche. Allzu viel erwartet er sich von der Sache nicht, andererseits, sagt er, brüsten sich heutzutage ja selbst die kleinsten Käffer mit irgendwelchen Bauvorhaben und Erschließungsplänen. In jedem Fall wird er wohl von nun an ständig kleinere oder größere Aufträge zu erledigen haben. Er verstummt, zündet die Zigarette an und nimmt mit zusammengekniffenen Augen den ersten Zug. Offensichtlich ist für ihn damit alles gesagt.

Nat hat staunend zugehört, nie hätte sie gedacht, aus seinem Mund eines Tages Begriffe wie »passabler Kundenstamm« oder »Erschließungspläne« zu hören zu bekommen. War Andreas nicht bloß ein einfacher Typ vom Land? Jetzt muss sie plötzlich davon ausgehen, dass er studiert hat, über eine höhere Bildung verfügt und noch mehr, das sie nicht erwartet hat. Eine Vielzahl von Fragen steigt in ihr auf, die sie ihm gerne stellen würde, sie bekommt jedoch den Mund nicht auf. Was genau macht ein Vermessungstechniker? Topografien berechnen? Karten zeichnen? Welche Geräte verwendet man da? Maßband, Wasserwaage, Kompass, GPS? Mit wem arbeitet er zusammen? Mit Beamten, Bauarbeitern, Unternehmern? Es fällt ihr schwer, sich Andreas im Umgang mit Verwaltungsdokumenten oder bei der Abfassung technischer Berichte vorzustellen. Der bloße Gedanke, er könne einen Computer benutzen – bei sich zu Hause hat er keinen, und sein Handy ist ein Modell denkbar einfacher Bauart –, kommt ihr äußerst seltsam vor.

Unwillkürlich stellt sie die – für sie selbst überraschend verletzende – Frage:

»Aber hast du das denn irgendwann studiert?«

Andreas sieht auf und blickt sie ernst an. Als er antwortet, zeigt sich eine Falte zwischen den Augenbrauen. Ja klar, sagt er. Er hat in Cárdenas Geografie studiert, sie wird sich allerdings kaum vorstellen können, wie lange das schon her ist. Wundert sie das? Wie sollte ein Vermessungstechniker ihrer Ansicht nach denn aussehen? Hat sie wirklich gedacht, alles, was er kann, ist Salat anbauen? Er lacht, aber das Lachen kommt wie aus weiter Ferne, von einem Ort, von dem sie bereits verstoßen ist. Nat entschuldigt sich, tritt vor die Tür, geht in die Hocke und fängt an, zögernd in der Erde zu stochern. Davon hat Píter nichts erzählt. Für ihn war Andreas ein Pfuscher, an dem er auch sonst kein gutes Haar gelassen hat. Wusste er es nicht besser, oder hat er den Rest einfach verschwiegen? Plötzlich überfällt sie ein Gedanke, ein boshafter, für sie untypischer Gedanke: Andreas will mir entwischen, das ist alles gelogen, eine bloße Ausrede, um mich sitzen zu lassen. Könnte es wirklich sein, dass sie demnächst zu ihm kommt, und er ist nicht mehr da? Dass er sich, angeblich, weil er arbeitet, stundenlang anderswo herumtreibt, während sie, brennend vor Begierde, in Erwartung seiner Rückkehr wieder und wieder sein Haus umkreist? Stumm durchwühlt sie die Erde, stößt auf einen Regenwurm, ergreift und hält ihn – rot, glänzend und feucht – zwischen den Fingern. Sie ist so verwirrt, dass sie keinerlei Ekel empfindet, den Wurm nicht daran hindert, über ihre Hand zu kriechen.

Wegen der neuen Arbeit sehen sie sich tatsächlich viel seltener als bisher. Normalerweise ist Andreas bloß vormittags nicht zu Hause, manchmal – immer öfter – kommt er jedoch erst am späten Nachmittag zurück. Wenn es dunkel wird, erscheint Nat bei ihm, wie bisher. Sie schlafen miteinander, danach essen sie zu Abend. Anschließend geht sie wieder zu sich nach Hause – skrupulös hält sie die Regel ein, die sich zwischen ihnen etabliert hat. Andreas erzählt kaum etwas darüber, was er in Petacas bei seiner neuen Arbeit macht, Nat fragt aber auch nicht, sie will nicht aufdringlich wirken und sich auch nicht bloßstellen, indem sie zeigt, wie wenig Ahnung sie hat. Aus einer seltsamen Vorsicht heraus – seltsam, weil eigentlich nicht zu verstehen – schweigt sie lieber. Über andere Dinge sprechen sie schon, normalerweise im Bett oder während sie das Abendessen zubereiten, aber bei diesen Unterhaltungen bewegen sie sich nur wie auf Zehenspitzen vorwärts, nehmen große Umwege. Im Lauf der Zeit gewöhnen sie sich an, zuerst zu essen und dann ins Bett zu gehen. Nat nimmt die Veränderung enttäuscht und mit einem leisen, aber deshalb nicht weniger schmerzhaften Stechen zur Kenntnis. Es zeigt an, dass das Drängende verlorengegangen ist, das heftige wilde Begehren, das beide anfangs empfanden und das keinerlei Aufschub duldete. Jetzt, sagt sich Nat, ist der Hunger aufs Essen größer als der auf den Körper des anderen.

Andreas' Distanziertheit ist für sie kaum auszuhalten. Sie ist außerstande, auch nur eine Zeile zu übersetzen, und verbringt stattdessen Stunde um Stunde mit qualvollen Grübeleien. Um die tote Zeit zu überbrücken, bietet sie dem alten Joaquín an, ihm bei der Pflege seiner Frau und im Haushalt zur Hand zu gehen. Sie werden sich sogleich einig – Nat wird mehrmals die Woche für ein paar Stunden zu ihnen kommen und außerdem täglich für sie einkaufen. An den verabredeten Tagen hilft sie Joaquín, Roberta zu waschen, wischt die Böden, spült ab, macht die Wäsche und kocht für sie. Viel bezahlen können die beiden nicht, aber es ist besser als nichts.

Um sich abzulenken, besucht sie auch Píter. Sie finden zu dem herzlichen Umgang aus der Anfangszeit zurück, flüchten sich allerdings jetzt, um bestimmten Themen auszuweichen, ins Triviale, sehen sich gemeinsam Filme an oder amüsieren sich mit Wortspielen – Letztere bereiten Nat ein geradezu kindliches Vergnügen. Anders als erwartet macht Píter ihr keine Vorwürfe, weil sie ihre intellektuelle Arbeit – die Übersetzung, für die er sie immer so gelobt hat – zugunsten einer glanzlosen, dafür aber umso nützlicheren Tätigkeit wie der Pflege zweier alter Menschen aufgegeben hat. Im Gegenteil, er heißt ihre Entscheidung gut, weil sie zu seiner Vorstellung von Gemeinschaft passt. Nat weiß nicht, ob seine Worte ehrlich gemeint sind oder er ihr nur ein gutes Gefühl geben möchte, umso klarer ist ihr dafür, dass ihre Freunde aus Cárdenas oder auch ihre Familie es nicht ertragen würden, sie so zu sehen, als Zugehfrau oder »Perle«, wie ihre Mutter verächtlich zu sagen pflegte. »Hast du etwa dafür studiert?«, würden sie sagen. Dafür, dass sie jetzt wie eine läufige Hündin auf einen Mann wartet, den sie kaum kennt, eine halbverrückte Alte badet und alleine schläft, mit niemandem bei sich außer einem Hund, den sie jedoch trotz allem weiterhin nachts anbinden muss? Für was für ein Leben hat sie sich da eigentlich entschieden? Das ist bei ihrem angeblichen Aufstand also herausgekommen?

Einmal lässt sie sich verleiten und gerät, als wäre nichts dabei, in Beichtlaune. Sie erzählt Andreas das Gleiche wie Píter an dem Abend, als sie zum ersten Mal bei ihm zum Essen war. Die Geschichte des Jobs, den sie aufgegeben hat. Von dem grundlosen Diebstahl. Von ihrer Weigerung, das Mitleid und die Nachsicht der anderen anzunehmen, von ihrem fruchtlosen Stolz. Vielleicht fühlt sie sich gerade durch Andreas' Schweigen ermuntert, fortzufahren, jedenfalls verwendet sie nun immer ungenauere und immer weiter hergeholte Wörter, Wörter wie Schuld, Abwesenheit, Verwirrung, Taumel.

Andreas sagt auch jetzt nichts, und sie spricht weiter, verliert sich in abstrakten Überlegungen. Dabei liegt sie auf dem Rücken und starrt an die Decke, zu der nackten Glühbirne hinauf, deren Anblick sie in- und auswendig kennt, zu der verstaubten Glühbirne an dem schwarzen Kabel.

Erst als sie verstummt, wird ihr das lastende Schweigen im Raum bewusst – die verbrauchte Luft, Lis Schnurren zu ihren Füßen –, die langsamen Atemzüge von Andreas, der reglos neben ihr liegt. Plötzlich erscheint ihr all das – das Schlafzimmer, die Katze, ihr eigener Körper – unwirklich, eine Spielzeugwelt, winzig und bedeutungslos. Ihr kommt der Gedanke, dass er wahrscheinlich eingeschlafen ist, aber nein, er hat die Augen weit aufgerissen, doch sein Gesichtsausdruck ist leer, unentschlüsselbar.

»Und was sagst du dazu?«, fragt sie.

»Wozu?«

»Zu dem, was ich gerade erzählt habe. Du bist so still. Was sagst du dazu?«

Andreas richtet sich auf, sieht sie an, sein Blick ist voller Härte, in seinen Augen eine bisher ungekannte Trübung – als wären sie aus Glas oder gehörten einem Toten. Er antwortet trocken, in unerwartet strengem Tonfall:

»Fragst du bloß so, oder willst du es wirklich wissen?«

Im ersten Augenblick denkt Nat, das sei ein Scherz, als sie jedoch feststellt, dass er sie weiterhin reglos anstarrt und seine Züge sich kein bisschen entspannen, wird ihr klar, dass dem ganz und gar nicht so ist.

»Hast du irgendwann schon mal darüber nachgedacht, wie andere Menschen leben? Oder daran, welche wirklichen Probleme die Leute haben?«

»Ich versteh dich nicht, was hat das damit zu tun?«

»Was das damit zu tun hat? Jede Menge!«

Wie ein Kind, das noch einmal wiederholen soll, was man ihm gerade erklärt hat, wiederholt Andreas die Geschichte, die Nat ihm gerade erzählt hat. Aus seinem Mund, in seinen Worten, klingt sie auf fast schon groteske Weise hohl und bedeutungslos: Sie hatte einen guten Job, hat etwas gestohlen, ohne recht zu wissen, warum – etwas, das sie selbstverständlich gar nicht gebraucht hat –, trotz dieses Fehlers waren die anderen nachsichtig und haben ihr die Sache verziehen, aber sie hat dennoch beschlossen, zu kündigen und nach La Escapa zu ziehen, wo sie schließlich einen neuen Job gefunden hat, denn jetzt geht sie regelmäßig zu den beiden Alten, und die geben ihr Geld dafür, ist doch so, oder?

»Ja. Mehr oder weniger«, sagt Nat kühl.

»Und du meinst, du hast das Recht, dich zu beklagen?«

»Mich beklagen? Darum geht es doch gar nicht … Du hast mich nicht verstanden.«

»Weißt du etwa nicht, dass manche Menschen stehlen, weil ihnen nichts anderes übrigbleibt? Dass jeden Tag Menschen ihre Jobs verlieren, einfach so, ohne jeden Grund? Dass sie entlassen werden, nur weil sie einmal einen winzigen Fehler machen? Dir haben sie deinen Fehler vergeben, und trotzdem beschwerst du dich!«

»Ich beschwere mich nicht! Ich habe von etwas anderem gesprochen!«

»Wovon denn, eh?«

Nat weiß nicht, was sie antworten soll. Der Mann, der neben ihr liegt, der nackte Mann, mit dem sie gerade geschlafen hat, ist auf einmal ein Unbekannter mit gezückter Waffe. Dieser Mann, Andreas, der nie die Ruhe verliert, erzählt auf einmal von seiner Mutter, als wäre er erst jetzt, wo er böse ist, imstande, etwas Privates preiszugeben. Er erzählt, dass sie Kurdin war, aus dem Nordirak. Und dass sie als noch sehr junge Frau vor dem Krieg – vor einem der vielen Kriege dort – fliehen musste. Zu Fuß ist sie bis in die Türkei gewandert, bei Tag und bei Nacht, mit einem Baby – ihm – im Arm. In Deutschland hat sie es unglaublich schwer gehabt – die Einzelheiten dieses Elends erspart er ihr –, gestohlen hat sie aber trotzdem nichts, sagt er, niemals. Sie war eine anständige Frau, großzügig und mutig. Und nie wäre ihr irgendeine Klage über die Lippen gekommen.

»Das tut mir leid«, flüstert Nat.

»Was tut dir leid? Dass meine Mutter so viel hat durchmachen müssen oder dass du dich wegen nichts beklagt hast?«

»Das mit deiner Mutter. Aber du tust so, als wäre ich schuld daran. Meine Geschichte hat mit ihrer nichts zu tun.«

»Niemand spricht hier von Schuld. Es ist einfach eine Frage der Dankbarkeit. Sobald du irgendwas in die Finger kriegst, bist du in Gedanken schon bei der nächsten Sache.«

»Wie meinst du das?«

»Ganz allgemein. So bist du eben.«

»Was weißt du schon von mir? Wie kannst du so was sagen?«

»Du hast mich gefragt, was ich denke. Du hast gesagt, dass du es wissen willst. Na gut, jetzt weißt du es. Aber fühl dich nicht angegriffen, letztlich sind das ja bloß so Gedanken von mir.«

Nat ist kurz davor, in Tränen auszubrechen. Ist sie wirklich jemand, der dauernd jammert, ist sie undankbar? Sieht Andreas sie so? Ist sie so und hat es bloß nicht gemerkt? Sie bereut zutiefst, über das alles geredet zu haben, denn nur dadurch, dass sie geredet hat, hat sie sich selbst in ein schlechtes Licht gesetzt, wurde sie zurückgeworfen. Andreas hat auf diese Weise Dinge an ihr entdeckt, die ihn anwidern. Und deshalb wird sie ihn verlieren.

Sie blickt auf die Matratze und kann sehen, wie sich dort ein Abgrund zwischen ihnen auftut.

Mit Andreas' Lieferwagen fahren sie zusammen auf den Glauco. Der Vorschlag zu dem Ausflug kam von ihm – es ist Sonntag, sein freier Tag –, Nat nimmt es als Eingeständnis, dass sie beide auch über das Schlafzimmer hinaus etwas verbindet. Trotzdem ist es seltsam für sie, draußen mit ihm zusammen zu sein. Andererseits fühlt sie sich ihm, während sie neben ihm im Wagen sitzt, auf einmal näher, als wenn sie sich zu ihm ins Bett legt oder vor seinen Augen auszieht. Näher, aber auch verwirrt und aufgewühlt. Beim Anblick seiner Hand, wenn er einen anderen Gang einlegt, wenn er den Schaltknüppel umklammert – seiner Finger, die sie sonst streicheln und jetzt abwesend etwas anderes berühren –, zittert sie vor Begierde. Aus dem Augenwinkel bewundert sie sein Profil, die verrutschte Brille, die abweisende und stolze Linie seiner Nase. Sie gibt sich einem Gefühl wilder, gieriger Freude hin, versucht jedoch sogleich, es zu unterdrücken, sie weiß aus Erfahrung, dass es irgendwann unweigerlich in Angst und Beklemmung umschlägt. So wie wenn einem die Beine nicht mehr gehorchen, nachdem man lange gerannt ist, sagt sie sich.

Die schmale Straße, die auf den Glauco führt, ist nicht asphaltiert und endet an einem Aussichtspunkt. Das letzte Stück müssen sie zu Fuß gehen, einen steilen rutschigen Abhang hinauf. Zu beiden Seiten des Wegs wachsen dornige Sträucher, in denen sich ständig ihre Kleider verhaken. Nats Unterschenkel sind irgendwann völlig zerkratzt, ihren Kopf umschwirren kleine Insekten, das unaufhörliche Summen und dazu die Atemnot und Erschöpfung bringen sie fast um den Verstand. Andreas hält ihr kein einziges Mal die Hand hin. Er steigt mehrere Meter vor ihr entschlossenen Schritts und ohne sich umzusehen den Berg hinauf. Nats Freude hat sich in Luft aufgelöst, jetzt fragt sie sich, was sie eigentlich hier verloren haben. Früher wären sie nicht im Traum auf die Idee gekommen, das Bett zu verlassen, erst recht nicht, um auf diese Weise ihre Zeit zu vergeuden. Geht es jetzt wirklich nicht mehr ohne Ausflüge?

Die Mühe lohnt sich aber. Eine derart weite Sicht über die Felder, die La Escapa umgeben, hätte sie nicht erwartet, dazwischen weiße und bräunliche Tupfer – Gehöfte, kleine Bauernhäuser – und ein Flüsschen, dessen Windungen hier und da aufblitzen. Die Schönheit der Distanz, sagt sie sich und überlässt sich dem berauschenden Duft von Weißdorn, Holunder und Rosmarin. Sie küssen sich, und Andreas streichelt ihre Wange.

»Du bist wunderschön«, sagt er.

Von einem plötzlichen Gefühl der Dankbarkeit erfüllt, sieht Nat ihn an. Doch unmittelbar nach der flüchtigen Zärtlichkeit gehen Andreas' Augen hinter den Brillengläsern schon wieder ins Leere, während um sie herum weiterhin das Summen der Insekten zu hören ist – ihr kommt es vor, als dringe das Geräusch aus dem Inneren ihres Gehirns. Über ihnen kreisen mehrere Turmfalken. Andreas beobachtet sie aufmerksam. »Die sind auf Beute aus«, sagt er. »Sie können minutenlang dahinschweben, ohne ein einziges Mal mit den Flügeln zu schlagen.« Aber es ist, als spräche er mit sich selbst. Sie treten an den Rand einer jäh abfallenden Böschung, und Nat denkt: Wir sind ganz allein hier, er könnte mich ohne Weiteres hinabstoßen und verletzt unten liegenlassen. Ohne seine Hilfe käme ich nicht mehr weg, und niemand würde wissen, dass ich hier bin. Vermissen würde mich auch niemand. Der Gedanke befällt sie völlig unerwartet, als stammte er nicht von ihr selbst. Vielleicht scheint er ihr gerade deshalb so glaubwürdig und nachvollziehbar.

Andreas hält ihr seine Feldflasche hin.

»Hier, trink einen Schluck Wasser«, sagt er. »Das wird dir guttun.«

Hat er ihre Angst bemerkt? Wieder von Dankbarkeit erfüllt, trinkt Nat aus der Flasche und hat dabei das Gefühl, sich zu reinigen, als würde das Wasser das Gift des Misstrauens durch ihre Kehle fortspülen. Sie würde ihn am liebsten um Verzeihung bitten, aber wozu? Er würde es ohnehin nicht verstehen.

Unversehens taucht der Vermieter bei ihr auf – sie hatte ihn vollkommen vergessen. Wie gewohnt starrt er ihr ungeniert auf die Brüste, lässt dabei keinen Zweifel an seiner Überlegenheit und Unverschämtheit. Nat hat das Geld nicht parat. Normalerweise hebt sie an einem Automaten in Petacas so viel ab, wie sie gerade braucht, aber als sie das letzte Mal dort war, hat sie nicht daran gedacht. Sie entschuldigt sich. Sagt, sie habe viel zu tun gehabt. Und ihn nicht schon wieder erwartet. Die Zeit vergehe einfach unglaublich schnell. Er blickt sie von der Seite an, presst die Lippen aufeinander, bis sie fast nicht mehr zu sehen sind.

»Na ja, dein Freund fährt jeden Tag nach Petacas, er hätte das Geld doch für dich abheben können.«

Ihr Freund. Nat ist nicht in der Lage, angemessen auf seine giftige Anspielung zu reagieren.

Wenn sie ihm das Geld überweisen könnte – die normalste Sache der Welt –, würde das alles nicht passieren. Oder wenn er wenigstens Bescheid geben würde, bevor er auftaucht, statt sich wie aus heiterem Himmel mit den Rechnungen in der Hand vor ihr aufzubauen, als hätte sie nichts anderes zu tun, als den ganzen Tag mit dem abgezählten Geld in einem Umschlag auf ihn zu warten. Diese Antworten kommen ihr aber erst im Nachhinein. Jetzt macht er es ihr durch sein Auftreten unmöglich, auch nur einen vernünftigen Gedanken zu fassen. Seine immer schmaler werdenden Lippen. Der funkelnde Blick. Die großtuerisch vor der Brust verschränkten Arme.

Nat entschuldigt sich noch einmal und sagt, er soll einen Augenblick warten. Sie geht ein paar Schritte weg und ruft Píter an, um ihn zu bitten, ihr das Geld zu leihen. Obwohl sie leise spricht, hört der Vermieter die Unterhaltung mit.

»Die fressen dir ja aus der Hand…«, murmelt er.

Píter sagt, kein Problem, wenn sie möchte, bringt er ihr das Geld sofort vorbei. Nat zögert. Sie möchte nicht, dass er mitbekommt, wie der Vermieter mit ihr umspringt, ihr seine erniedrigenden Bedingungen aufzwingt.

»Nein, lass, ich komme rüber«, sagt sie und beendet das Gespräch.

Dann nimmt sie ihren ganzen Mut zusammen und sagt zu dem Vermieter, er solle etwas später noch einmal vorbeischauen. Sie brauche eine Viertelstunde, höchstens zwanzig Minuten.

»Länger auf keinen Fall.«

»Ich bleibe lieber hier, dann kann ich mich ein bisschen ausruhen.«

Nat versucht vergeblich, etwas zu erwidern. Ihr schwirrt der Kopf. Der Vermieter lacht.

»Traust du mir nicht, oder was?«

Er setzt sich aufs Sofa und sieht sich mit schiefem Lächeln um, offenkundig bemüht, sich anmerken zu lassen, wie genau er sich umsieht. Nat macht sich widerspruchslos auf den Weg.

»Bin gleich wieder da«, sagt sie hastig.

Bei ihrer Rückkehr zittert sie immer noch. Der Vermieter zählt genüsslich die Scheine nach, faltet sie langsam zusammen und steckt sie sich in die Hemdtasche. Nat hat das Gefühl, es rieche im ganzen Haus nach ihm, ein unangenehmer, scharfer Geruch, der sich hartnäckig hält. Als er weg ist, sieht sie nach, ob er irgendwo rumgewühlt hat. Alles scheint soweit in Ordnung, bis auf ein paar Zeitschriften, in denen er möglicherweise geblättert hat. Die Überdecke auf ihrem Bett ist ein wenig zerknittert, aber das war sie vielleicht schon vorher, sie erinnert sich nicht mehr. Sie wirft die Zeitschriften in den Müll, stopft die Decke in die Waschmaschine und stellt sie an, wäscht sie bei sechzig Grad. Den Rest des Vormittags verbringt sie mit Putzen, bei offenstehenden Fenstern, um gründlich zu lüften.

Obwohl sie ihm nur noch wenig Aufmerksamkeit schenkt, hat Sieso sich sehr verändert. Nachts bindet sie ihn nicht mehr an, und er dankt ihr den Vertrauensbeweis mit bisher ungekannter Treue, schläft neben ihrem Bett. Vielleicht sollte sie ihm allmählich doch einen anderen Namen geben, sagt sie sich. So ironisch, ja liebevoll Sieso gemeint war, die Bedeutung ist und bleibt nun mal Nichtsnutz, Spielverderber, Lahmarsch. Und der Tierarzt hat sie gewarnt: Tiere verstehen keine Ironie.

Andererseits, fragt sie sich, wozu? Diese Bedeutung ist kaum jemandem geläufig. »Sieso« wird offensichtlich nur in manchen Gegenden und bestimmten Kreisen benutzt, die viel begrenzter sind, als sie anfangs gedacht hatte. Sie hatte geglaubt, das Wort sei bekannt, weil sie es kannte, und es werde häufig verwendet, weil sie es häufig verwendete. Das wurde ihr erst klar, als nicht einmal Píter wusste, was damit gemeint ist. Selbst im Wörterbuch hat sie die ihr vertraute umgangssprachliche Bedeutung nicht gefunden, dafür aber eine – ihr bis dahin unbekannte – wissenschaftliche und ziemlich unschöne: »Von lat. *sessus*, ›Sitz‹: Darmausgang, Ende des Rektums.«

Aber wenn das niemand weiß, was macht es dann schon aus?

Ist doch nur ein Hundename.

Li läuft unruhig im Haus hin und her, miaut anders als sonst, klagend und wehleidig. Nat sieht ihr zu. Ihr fällt auf, dass sie in den letzten Tagen ordentlich zugenommen hat. Ob sie am Ende trächtig ist? Diese Frage stellt sie später auch Andreas. Er lacht verschmitzt.

»Wäre nicht das erste Mal. Als meine Exfrau sie mir überlassen hat, hat sie behauptet, sie sei sterilisiert. Aber du siehst ja selbst, sie wird schon wieder dick und dicker.«

Nat blickt ihn wie versteinert an. Seine Exfrau? Hat sie richtig gehört? Die Fensterläden klappern im Wind, ein Zeichen dafür, dass ein Gewitter aufzieht. Schon hört man die ersten Tropfen aufs Dach des Schuppens trommeln. Plötzlich wird es dunkel. Sie darf nicht zulassen, dass dieses Geräusch und diese Veränderung des Lichts – die Erinnerungen, die sie damit verknüpft – ihre bisherige Bedeutung verlieren beziehungsweise ihre Bedeutung ins Gegenteil umschlägt.

Andreas schraubt an dem Fernsehgerät herum. An dem uralten Modell, das sie inzwischen manchmal während des Essens einschalten und über dessen Bildschirm immer wieder flimmernde Streifen wandern. Vielleicht weil er ihr in diesem Augenblick nicht ins Gesicht sieht, mit etwas anderem beschäftigt ist, ihr den Rücken zukehrt, wagt Nat, weiterzufragen.

»Aber ist Li nicht deine Katze?«

Gleichgültig erwidert Andreas:

»Also ich würde sagen, die Gefahr, dass heute noch jemand kommt und sie zurückhaben will, ist ziemlich gering.«

»Ich wusste gar nicht, dass du verheiratet warst.«

»Klar, woher auch?« Er dreht sich um, greift nach einem Schraubenzieher. »Das ist Jahre her. Bevor ich nach La Escapa gezogen bin.«

»Und … was ist dann passiert?«

»Was soll schon passiert sein … Das Übliche. Wir haben uns nicht verstanden. Sie war sehr jung, ich war viel, viel älter, über zwanzig Jahre, glaube ich, und sie wollte Sachen, die ich ihr nicht bieten konnte.«

»Was für Sachen?«

»Sachen eben. Was weiß ich. Ganz allgemein. Reisen, Kinder und so. Sachen, an denen mir nichts liegt. Da hat sie irgendwann genug gehabt und ist gegangen.«

Nat setzt sich aufs Sofa und streichelt Li. Andreas wendet sich wieder dem Fernseher zu. Li. Wenn die Katze nicht ihm, sondern seiner Exfrau gehört hat, war es zweifellos auch sie, die den Namen ausgesucht hat. Jetzt begreift Nat, warum Andreas damals gesagt hat, er bedeute nichts, wo er doch in Wirklichkeit alles bedeutet. Warum hat er ihr nicht die Wahrheit gesagt? Sie schämt sich, weil sie plötzlich ein eifersüchtiges Stechen spürt. Sie hat immer geglaubt, dass sie vor einer so schäbigen Empfindung gefeit sei. Aber was steckt wohl dahinter? Wer hat beschlossen, dass ihr so etwas – die Vergangenheit eines Mannes, den sie kaum kennt – all ihren Überzeugungen und Idealen zum Trotz auf einmal dermaßen wehtun soll?

Ohne genau sagen zu können, warum, fühlt sie sich betrogen. Auf die Sache mit den Dachziegeln hat sie sich eingelassen, weil sie sich ein Bild von Andreas gemacht hatte, das jetzt völlig verwischt ist. Dieses Bild hat ihr gefallen – vielleicht hatte er es ihr auch nahegelegt: Der einfache Mann vom Land, der an seinen Lebensumständen nichts ändern kann und schon lange – er selbst hat das gesagt! – keine Gelegenheit mehr hatte, mit einer Frau zusammen zu sein. Ein Mann, der alle Verführungskraft verloren hatte – falls er je welche besaß – und sich folglich gezwungen sah, ihr ein primitives Tauschgeschäft vorzuschlagen, unter Missachtung selbst der grundlegenden Umgangsformen. Ein Mann, der wahrscheinlich nie von hier weggekommen ist, oder wenn, dann bloß um Kisten mit von ihm selbst angebautem Gemüse auszuliefern. Ein grober unkultivierter Mann, der seit jeher auf dem Land gelebt und sich jederzeit instinktiv der Umgebung angepasst hat wie ein ausgesetzter Hund. Ein Mann, der sie bescheiden und linkisch einzig und allein darum gebeten hat, »ihn in sie reinzulassen«, als stünde er wie ein Bettler vor ihrer Tür. Seine Unerfahrenheit hat sie umso größer und mächtiger gemacht. Gerade seine Mängel ließen ihn für sie so anziehend werden.

Doch eben dieser Mann hat ein abgeschlossenes Universitätsstudium. Und viele Jahre lang in der Stadt gelebt. Verheiratet ist er auch gewesen. Mit einer viel jüngeren und vermutlich attraktiven Frau. Dann haben sie sich scheiden lassen. Und er hat sein Leben fortgesetzt, alles ganz normal, gewöhnlich. Warum unterhält er dann nicht auch zu ihr eine normale Beziehung?

Der erste Donner ist zu hören. Nat betrachtet Andreas' feuchten Nacken, sieht ihm dabei zu, wie er mit den Kabeln und Drähten des Fernsehers hantiert. Sie schluckt. Sagt nichts mehr. Was soll sie auch sagen? Er ist offensichtlich nicht bereit, ihr irgendetwas zu erklären.

Sie richtet ihre ganze Kraft darauf, die in ihr aufsteigenden Gedanken zu unterdrücken, zurückzuschneiden, was auch immer sie austreiben. Seit sie Andreas kennengelernt hat, weicht ihr Leben immer mehr vom vorgesehenen Skript ab. Erbarmungslos zerlegt er ihre Vorurteile, gräbt er sich in ihre Unsicherheit hinein, trägt ihr Selbstvertrauen schaufelweise ab. Was sie immer kleiner und ihn immer stärker macht. Sie immer abhängiger und ihn immer freier.

Noch so einer Enthüllung ist sie nicht gewachsen. Deshalb wagt sie nicht, das Gespräch fortzusetzen.

An diesem Tag wird es ihr zum ersten Mal nicht gelingen, mithilfe ihres Begehrens alles Übrige zu verdrängen. Als sie sich ausziehen, muss sie ihre Gedanken zum ersten Mal gewaltsam in eine andere Richtung lenken, muss sie sich anstrengen, um nicht auf halbem Weg die Lust zu verlieren, dauert es zum ersten Mal eine Weile, bis ihr Körper reagiert, stellt sie ihre Lust übertrieben aus, sodass der Sex zu einer traurigen, bitteren, trüben Angelegenheit verkommt.

Píter entkorkt eine Flasche Wein, gießt ihr ein, aber Nat greift nicht sofort nach dem Glas, sie scheint mit den Gedanken woanders, als wüsste sie nicht, was dieses Glas enthält und warum sie es in die Hand nehmen soll.

Píter macht Witze, versucht, sie aus ihrer Versunkenheit zu reißen. Was sie früher äußerst amüsant fand – all diese harmlosen Scherze, mit denen sie sich ablenken konnte –, kommt ihr jetzt fade oder einfach nur dumm vor. Warum ist sie hier bei Píter? Nur um die Zeit rumzukriegen, bis sie sich auf den Weg zu Andreas machen kann? Píter mustert sie eindringlich und fragt schließlich, ob alles in Ordnung sei. »Ja, alles in Ordnung«, sagt Nat. Und gleich noch einmal: »Alles in Ordnung.« Aber ihr angespanntes Lächeln konterkariert ihre Worte.

Würde sie zugeben, dass es ihr schlecht geht, sagt sie sich, wäre das, als ob sie eine Prophezeiung akzeptierte, die er im Übrigen gar nicht ausgesprochen hat. Oder die er nur indirekt ausgesprochen hat, was es noch schwieriger macht, ihm zu widersprechen.

Wenn sie sich bloß an die Tatsachen hält, ohne auf irgendwelche geheimen Zusammenhänge zu verweisen, hat sie keinen nachvollziehbaren Grund, sich zu beklagen. Was soll sie Píter also erzählen? Dass Andreas früher verheiratet war? Dass er jetzt in Petacas arbeitet? Dass er ihr einmal – aber nur ein einziges Mal – vorgehalten hat, sie sei undankbar, als sie ihn um seine Meinung gebeten hat?

Würde sie ihm gegenüber eingestehen, wie weh ihr das alles tut – dieser lächerlich kleine Schmerz –, würde sie sich nur noch angreifbarer machen. Trotzdem, überhaupt nichts sagen, alles hinunterschlucken, davon verschwindet der Schmerz erst recht nicht.

Sie sitzen auf Píters Veranda, im Schutz der Glaswand. In der Dämmerung lösen sich die Umrisse des Glauco auf, bald wird die Dunkelheit ihn vollständig verschluckt haben. Nat starrt in Richtung des Berges, auf dem Andreas und sie neulich gewesen sind, sie versucht, den Anblick festzuhalten. Píter stellt unterdessen geräucherten Lachs, eine Platte mit Käse und Wurst und zwei bunte Schälchen mit scharf gewürztem russischem Salat auf den Tisch. Jedes Mal gibt er sich solche Mühe, sie zu verwöhnen! Andreas hat noch nie ein solches Abendessen für sie zubereitet. Und würde das auch niemals tun, für niemanden, nicht einmal für sich selbst.

Nat verliert die Fassung und fängt an, nervös drauflos zu reden.

»Wusstest du, dass Andreas verheiratet war?«

»Ich? Woher denn? Der Typ ist doch ein halber Autist, der erzählt nie was von sich. Woher weißt du es denn? Hat er's dir gesagt?«

»Neulich hat er es beiläufig erwähnt.«

»Dass der irgendwas sagt oder tut, ohne einen besonderen Grund zu haben, kann ich mir schwer vorstellen. Da steckt bestimmt was dahinter.«

Nat schweigt. Besser, sie setzt dieses Gespräch nicht fort, sagt sie sich, sonst fängt Píter nur wieder an, sie mit allen möglichen Anspielungen zu traktieren. Jetzt, wo er angebissen hat, wird es allerdings nicht so einfach sein, ihn von dem Thema abzubringen.

»Was hat er dir denn erzählt?«

»Nicht viel. Dass sie jünger war als er. Zwanzig Jahre, so was in der Art.«

»Zwanzig Jahre!« Píter pfeift und lacht. »Schau mal einer an, dieser Deutsche ...«

Píters Pfiff tut Nat weh, und wie! Um es sich nicht anmerken zu lassen, greift sie nach dem Glas und leert es in einem Zug. Sie hätte niemals mit dem Thema anfangen sollen, aber jetzt gibt es kein Zurück. Die einzige Möglichkeit, die Sache zu beenden, besteht darin, sich eine Ausrede auszudenken, aufzustehen und zu verschwinden.

»Was ist denn, Nat? Bist du böse?«

Sie schüttelt heftig den Kopf, ergreift wie zum Beweis Píters Hand, versichert, dass alles in Ordnung ist.

Und was ist mit dem Essen? Will sie einfach so gehen, ohne auch nur einen Bissen probiert zu haben? Aus heiterem Himmel aufstehen und gehen, das ist doch nicht normal, da kann sie sagen, was sie will.

Nat ist das klar, sie weiß, dass ihr Benehmen wirr ist, und unhöflich sowieso, von außen kaum zu begreifen, vielleicht aber auch ganz im Gegenteil: nur allzu durchschaubar. Aber sie kann nicht anders. Sie ist überzeugt, dass es mit ihr unaufhaltsam bergab geht. Sie kann sich bloß noch in die Tiefe reißen lassen.

Um Mitternacht wacht sie plötzlich auf und kann danach nicht mehr einschlafen. Ihr fällt wieder ein, was Andreas gesagt hat, in der nächtlichen Stille klingt es noch um einiges härter: *Viel, viel älter. Sachen, die sie wollte und die er ihr nicht bieten konnte. Reisen, Kinder und so. Sachen, an denen ihm nichts liegt.*

Andreas gegenüber hat Nat sich mächtig gefühlt. Die Vorstellung, dass ihre Jugend auf ihn – den zwölf Jahre Älteren – verführerisch wirkte, gefiel ihr. Das erhöhte sie, steigerte ihren Marktwert. Aber wieder einmal hat sie sich verkalkuliert.

Sie ist immer fest davon ausgegangen, dass junge Frauen auf Männer egal welchen Alters anziehend wirken, doch konnte sie darin nie eine Bedrohung erkennen, bis jetzt: Schließlich gibt es, so jung eine Frau sein mag, immer eine, die noch jünger ist. In solchen Kategorien des Wettkampfs hat sie nie gedacht, jetzt tut sie es.

Sie denkt an das Mädchen aus dem Laden.

Andreas nimmt sie manchmal im Auto mit nach Fetacas, angeblich muss sie dort irgendwelche Bestellungen in Auftrag geben oder Sachen holen, die im Laden ausgegangen sind. Sie ist sehr jung, noch ein Teenager, aber so wie die Dinge stehen, scheint ihr Alter kein Hinderungsgrund zu sein, sondern im Gegenteil einen besonderen Reiz auszustrahlen. Nat ruft sich die Wärme in Erinnerung, die von Andreas ausgeht, wenn er am Lenkrad seines Wagens sitzt. Das Begehren, das er hervorrufen kann, nur dadurch, dass er einen anderen Gang einlegt – mit angespanntem Unterarm, fest um den

Schaltknüppel geschlossenen Fingern. Seinen Blick, den er vom Rückspiegel abwendet und wieder nach vorne richtet, seinen harten Blick, der für sie auf immer undurchdringlich bleibt. Die intime Nähe dort im Lieferwagen, die stickige Luft und den Zigarettenrauch, den sie beide ein- und ausatmen. Hübsch ist das Mädchen aus dem Laden nicht, aber auf reizvolle Weise draufgängerisch – es ist offensichtlich, dass sie sich nichts mehr wünscht, als ihr bisheriges Leben, das sie anödet, hinter sich zu lassen, Neues auszuprobieren. Könnte es sein, dass er, wenn es so weit ist, auch sie bittet, ihn »eine Weile in sie reinzulassen«? Könnte es sogar sein, dass er sie bereits darum gebeten hat, ja, womöglich noch bevor er sich an Nat gewandt hat? Wenn Andreas nicht mehr gebraucht hat als ein wenig weibliche Wärme, hätte sie dafür nicht genauso getaugt? Oder sogar eigentlich noch besser? Hat er sich nur zurückgehalten, weil sie noch minderjährig ist? Und wenn sie das nicht wäre? Hätte er sie dann gefragt?

Nat kann nicht verstehen, warum Andreas dem Mädchen aus dem Laden von sich aus anbietet, sie nach Petacas mitzunehmen. Bei ihr macht er, der sonst zu allen so abweisend und distanziert ist, eine Ausnahme, als wäre er dafür verantwortlich, dass dem verfluchten Laden die Ware nicht ausgeht. Nat zieht ihre Schlüsse, und ihr wird kalt, eine durchdringende Kälte, die von ihrem Inneren ausgeht, von einem Punkt zwischen Brustbein und Wirbelsäule.

Warum ist Andreas mit ihr zusammen? Weil er nichts Besseres gefunden hat? Weil sie gerade zur Stelle war?

Wenn eine Gewissheit ins Wanken gerät, warum soll es allen übrigen Gewissheiten dann nicht genauso ergehen?

Inzwischen sieht sie alles durch den Filter ihres Misstrauens, sie kommt nicht mehr dagegen an. Ich bin dabei, verrückt zu werden, flüstert sie und sieht sich im dunklen Zimmer um, ihre Augen glühen, dieser Raum beschützt sie nicht mehr, im Gegenteil, er hat sich gegen sie gewandt, fällt ihr heimtückisch in den Rücken.

Ihr fällt der Traum ein, den sie eine Zeitlang immer wieder geträumt hat, der mit dem Mann, der ihr Haus betrat, während sie hilflos an ihr Bett gefesselt war, ein Mann, dessen Gesicht sie nie erkennen konnte. Vielleicht stand er gar nicht für den Vermieter, wie sie damals dachte. Vielleicht kündigte sich in ihm nur an, was ihr jetzt passiert.

Ihre Beziehung zu Andreas war von Beginn an vergiftet. Gerade die Form, in der sie anfing und die sie so faszinierte, zeigt ihr nun ihre Kehrseite, offenbart ihre widerwärtige Machart.

Nicht dass sie früher rein und unschuldig gewesen wäre, aber manche Seiten von ihr – die boshaften, misstrauischen – befanden sich wenigstens im Dämmerzustand. Jetzt sind sie erwacht. Der Schaden wird größer, breitet sich in ihr aus.

Als Nat einmal in der Abstellkammer des alten Ehepaars saubermacht, stößt sie auf mehrere Bücherkisten. Sie enthalten vor allem Schulbücher und Klassiker, aber auch vor Jahren vielgelesene Romane, an die sich heute kein Mensch erinnert. Joaquín erzählt, dass Roberta vierzig Jahre lang als Lehrerin gearbeitet hat, die meiste Zeit an einer Schule in Petacas. Die Bücher sind von ihr, erklärt er, oder waren von ihr, genauer gesagt – sie kann schon seit Langem nicht mehr lesen, weshalb er beschlossen hat, die Bücher aus den Regalen zu nehmen und in Kisten aufzubewahren. Ihr Anblick soll ihr nicht ständig neue Qualen bereiten.

Nat betrachtet Roberta, sie ist so zerbrechlich und in ihre Welt zurückgezogen, so verschlossen – kaum vorstellbar, dass sie einmal ein anderes Leben geführt haben soll. Roberta als

Lehrerin, vor Kindern, denen sie an der Tafel den Unterschied zwischen Prädikat und Subjekt, Addition und Subtraktion erklärt? Nat blättert in ihren Büchern, sieht die Anmerkungen und Unterstreichungen, stößt auf Lesezeichen aus Pappe, auf denen gepresste Blumen kleben – hat sie die angefertigt oder ihre Schüler? –, und ihr Herz zieht sich zusammen.

Worüber denkt Roberta nach, wohin geht ihr Blick? Stets scheint er auf Dinge gerichtet, die sich in einer anderen Dimension abspielen, während sie mit zusammengekniffenen Augen dasteht und unhörbare Sätze formuliert. Zu wem spricht sie?

Manchmal löst sich der Bann, und sie kommt aus sich heraus. Dann stellt sie fest, dass sie nicht allein ist, und bemüht sich freundlich um die Menschen um sie herum. Selbst in ihren besten Momenten kann es passieren, dass sie unzusammenhängende Dinge sagt und in Verzweiflung gerät, wenn sie nicht verstanden wird, aber als wohlerzogene Frau, die sie ist, macht sie niemals eine Szene.

Einmal nimmt Roberta einen Anruf entgegen und erfährt eine schreckliche Neuigkeit. Ein Verwandter, vielleicht ein Neffe, liegt im Sterben. Das schließt Nat aus dem, was sie sagt, während sie sich mit gesenktem Blick die Telefonschnur um den Finger wickelt. Nachdem sie aufgelegt hat, bleibt sie mehrere Stunden in tiefes Nachdenken versunken und geht immer wieder zum Telefon und nimmt ab, obwohl gar kein Klingeln zu hören war. Auf Nats Frage schüttelt Joaquín den Kopf und sagt, dass sie das alles nur erfinde. Es gebe keinen kranken Neffen, niemand ringe mit dem Tod. Das kommt oft vor, sagt er. Sie verstrickt sich in alten, längst vergangenen Geschichten. In den scheinbar gleichmütigen Worten Joaquíns schwingt Verzweiflung mit – was wird aus ihr, wenn er nicht mehr da ist, wenn er sich nicht mehr um sie kümmern kann?

Joaquín ist dabei, zu erblinden. Das gesteht er Nat eines Tages weinend, den Kopf zwischen den Fäusten am Küchentisch sitzend. Der Anblick des weinenden Mannes, eines weinenden Mannes seines Alters, hinterlässt bei Nat tiefen Eindruck.

Zwischen Joaquín und Roberta und dem Rest der Dorfgemeinschaft klafft ein Spalt, in gewisser Hinsicht fallen sie genauso aus der Reihe, entsprechen sie ebenso wenig den Vorstellungen der anderen wie sie. Das zu sehen und anzuerkennen fällt nicht leicht, angenehm ist es nicht. Anschließend so zu tun, als wäre nichts, ist jedoch unmöglich.

Ein wolkiger Mittag, die Luft ist elektrisch aufgeladen. Die Geier fliegen tief, ziehen ihre Kreise über Nats Kopf. Sie ist auf dem Weg zu Andreas, was ungewöhnlich ist, schließlich weiß sie, dass er um diese Uhrzeit nicht zu Hause ist. Warum sie sich zu ihm hinbewegt und nicht anderswohin, weiß sie selbst nicht – darüber denkt sie jetzt noch nicht nach –, ebenso wenig, warum sie überhaupt losgegangen ist, wo es offensichtlich jeden Augenblick anfangen wird zu regnen. Eine geheime Ahnung möglicherweise, eine plötzliche Eingebung? Das wird sie sich später sagen, wenn sie das Geschehene noch einmal Revue passieren lässt. Jetzt folgt sie einfach gedankenverloren und mit abwesendem Blick dem Weg, bis in der Ferne Andreas' Haus und gleich darauf sein vor dem Eingang parkender Lieferwagen zu sehen sind. Sie bleibt stehen. Braucht eine Weile, um zu begreifen. Oder um zu versuchen, zu begreifen. In ihren Schläfen pulsiert heftig das Blut, plötzliche Hitze steigt ihr ins Gesicht. Ruckartig macht sie auf dem Absatz kehrt. Besser, niemand sieht sie hier.

Zu Hause angekommen, versucht sie, sich zu beruhigen. Es muss einen Grund geben. Einen nachvollziehbaren Grund, sagt sie sich – Andreas ist nach La Escapa zurückgefahren, weil etwas Unvorhergesehenes passiert ist, er hat sein Werkzeug oder irgendwelche Materialien vergessen. Oder der Wagen ist kaputt, und er ist bei jemand anderem mitgefahren, der auch nach Petacas musste. Sie stellt Sieso sein Futter hin, macht ein Bier auf, legt sich hin. Steht jedoch gleich wieder auf. Es kann auch einen ganz anderen Grund geben: Andreas ist gerade – genau in diesem Augenblick – mit einer anderen bei sich zu Hause. Mit einer anderen, die er mit demselben Trick geködert hat wie sie.

Eilig macht sie sich wieder auf den Weg, inzwischen regnet es allerdings. Diesmal steuert sie hektisch atmend den Laden an. Dort angekommen, sieht sie, dass das Mädchen hinter der Theke steht und auf ihrem Handy herumtippt. Vor Erleichterung fängt sie fast an zu lachen. Die Freude ist aber nur von kurzer Dauer – wenn es nicht das Mädchen aus dem Laden ist, kann es immer noch irgendeine andere sein.

Oder niemand. Aber wenn niemand bei ihm ist, warum hat er sie dann nicht längst angerufen, wie zu Beginn? Drängt es ihn nicht mehr, sie zu sehen? Kommt er nicht um vor Lust, wie sie?

Den ganzen Nachmittag läuft sie zwischen ihrem und Andreas' Haus hin und her. Der Lieferwagen steht die ganze Zeit unverändert vor dem Eingang. Der Anblick des weißen Fahrzeugs in der Ferne genügt, damit sie umdreht und den Rückweg antritt. Ihr Herz klopft beängstigend schnell. So hat sie sich in ihrem ganzen Leben noch nicht benommen, nicht annähernd. Nicht derart grotesk, nicht derart würdelos.

Als Andreas am Abend anruft, lässt sie es klingeln, ohne abzunehmen, bis er irgendwann genug hat und auflegt. Ihr wäre es lieber gewesen, er hätte mehr Ausdauer gezeigt, erst später aufgelegt, aber auch so hat sie das Gefühl, sich insgeheim an ihm gerächt zu haben, als Siegerin vom Platz zu gehen – aber, fragt sie sich gleich darauf, als Siegerin in welcher Schlacht?

Bei ihrem nächsten Treffen tun beide, als wäre alles ganz normal oder als wäre die Art, wie sie inzwischen miteinander umgehen, ganz normal. Er fragt nicht, warum sie nicht ans Telefon gegangen ist, sie fragt nicht, warum sein Wagen den ganzen Tag vor dem Haus gestanden hat. Und da niemand eine Frage stellt, gibt es auch keine Antworten. Nats Misstrauen wächst unterdessen, windet sich behutsam empor, vorsichtig wie eine Katze. Und er? Sie weiß nicht, ob sie bei ihm von Misstrauen sprechen soll oder einfach nur von Desinteresse.

Von diesem Tag an spioniert sie ihm nach. Sie treibt sich in der Nähe seines Hauses herum, kontrolliert, ob er zur erwartbaren Zeit abfährt und wiederkommt. Hält nach Anzeichen möglicher Besuche Ausschau. Da sie nichts finden kann, sagt sie sich: Er ist schlau und lässt sämtliche Spuren verschwinden. Wenn Andreas nicht im Raum ist, nimmt sie sich alles vor, was ihr in die Hände fällt – Vorratsdosen, Medikamente, Flaschen. Sie schaut nach, wie viele Kondome sie mittlerweile verbraucht haben, und stellt Berechnungen an. Geht sämtliche im Haus herumliegenden Papiere durch – Rechnungen, Geschäftsbriefe, Werbebroschüren, Quittungen. Mehrere CDs, auf die sie stößt, nimmt sie heimlich mit, um sie sich zu Hause in Ruhe auf ihrem Computer ansehen zu können. Sie enthalten bloß Pläne und Messergebnisse, doch beruhigen kann sie das alles nicht, und sie sucht weiter. Im Kleiderschrank entdeckt sie richtige Bürokleidung, die sie noch nie an ihm gesehen hat – makellose Anzüge, Jacketts, Krawatten. Zwei weitere Entdeckungen verunsichern sie zutiefst: ein zwei Jahre alter Bon aus einer Boutique in Cárdenas – *Bluse, € 39,90. Es bediente Sie Patricia.* Und eine Spieldose – wenn man sie öffnet, beginnt eine winzige Tänzerin, sich zur Melodie von »La vie en rose« im Kreis zu drehen. Um sich nicht zu verraten, klappt Nat die Dose wieder zu. Viel lieber würde sie sie in Stücke schlagen.

Sein Handy zu kontrollieren bringt wenig, er benutzt es kaum. Sie findet dort bloß die Nachrichten, die sie selbst ihm geschickt hat, Werbemails und in der Liste der ein- und ausgegangenen Anrufe die immer gleichen Nummern – die seines Chefs in Petacas und die eines mutmaßlichen Kunden. Dass Andreas das Gerät jederzeit einfach so herumliegen lässt, und dazu ohne PIN, kann bedeuten, dass er nichts zu verbergen hat. Es kann aber auch das genaue Gegenteil bedeuten – dass er ihr etwas vormacht, dass auch er etwas gegen sie im Schilde führt, so wie sie gegen ihn, dass er also alle verdächtigen Nummern und Nachrichten immer rechtzeitig löscht und das Handy wie einen Köder für sie auslegt, nur um sie zu verwirren.

Unter allen möglichen Erklärungen sucht Nat sich stets die schlimmste aus. Nicht einmal, wenn sie sich selbst davon hat überzeugen können, dass es für ihre Verdächtigungen keine Grundlage gibt, hilft ihr das weiter. Bei der erstbesten Veränderung, bei jeder unvorhergesehenen Abweichung – mag sie noch so geringfügig sein –, gerät ihre scheinbare Sicherheit ins Wanken. Auch wenn sie zusammen ins Bett gehen, ist da die Eifersucht, dieses grünäugige Monster. Warum schließt Andreas die Augen, wenn er mit ihr schläft? Denkt er an eine andere? Ruft er sich seine junge Exfrau ins Gedächtnis? Der konzentrierte Gesichtsausdruck, die dunklen Lider, das leise Beben seiner Wimpern, all das, was Nat anfangs so bewundert und was sie so erregt hat, scheint jetzt einzig und allein ihr Misstrauen zu bestätigen. Nat selbst wiederum, die die drohende Gefahr spürt, sie könne keine Lust mehr empfinden, hat angefangen, sich ihren eigenen Fantasien hinzugeben. Sie stellt sich vor, andere Männer würden das Gleiche von ihr verlangen wie Andreas. Sie machen das Gleiche mit ihr – haargenau das Gleiche – wie er beim ersten Mal, in demselben abgedunkelten Raum, ebenso stumm. Sie hat sich auch diesmal bloß Hose und Slip ausgezogen, und die einzige Zärtlichkeit, die sie erfährt, besteht darin, dass sie ihr mit den Händen langsam über die Seiten streichen. Sie verhalten sich genau wie Andreas, sind aber nicht Andreas, während der echte Andreas mit dem Andreas von damals nichts mehr zu tun hat. Er macht es jetzt wahrscheinlich so wie sie – er berührt sie und ersetzt sie dabei durch eine andere, stößt sie von sich, während er immer tiefer in sie eindringt. Anschließend liegen sie schweigend nebeneinander, aber nicht, wie anfangs, ein wenig verlegen, sondern traurig. »Frierst du?«, fragt Andreas und hält ihr eine Decke hin. Du kannst dir gar nicht vorstellen, wie sehr ich friere, würde Nat am liebsten erwidern und muss daran denken, wie er sie früher wärmte, indem er die Arme um sie legte, statt sie durch diese ungelenke Anteilnahme zu verletzen.

Nach Petacas fährt sie kaum noch, nur gelegentlich rasch hin und zurück, um am Automaten Geld abzuheben, als wäre der an und für sich schon feindselige Ort, seit Andreas dort arbeitet, für sie verbotenes Terrain. Von ihren Verdächtigungen zerfressen, beschließt sie jedoch eines Tages, unter dem Vorwand, sie müsse sich die Haare schneiden lassen, einen längeren Ausflug dorthin zu unternehmen. Sie erwähnt es vorab wie beiläufig vor Andreas, damit er nicht auf falsche Gedanken kommt, wenn er sie dort sieht. Andreas blickt auf, und an der Art, wie er sie betrachtet, glaubt sie zu erkennen, dass er sie durchschaut.

»Aber deine Haare sind doch gut so, warum willst du sie schneiden lassen?«

»Ich habe sie mir schon seit Monaten nicht mehr geschnitten, das ist jetzt einfach überfällig, die müssen mal wieder in Ordnung gebracht werden.«

»Also ich finde, du siehst gut aus.«

Was Nat als Kompliment auffassen könnte, nimmt sie als Zeichen von Zurückweisung – Andreas möchte nicht, dass sie sich in Petacas blicken lässt, er will sie nicht in seiner Nähe haben. Trotzdem gibt es jetzt kein Zurück mehr. Dadurch würde sie sich nur noch verdächtiger machen, das wäre schlichtweg ein Geständnis.

Sie fährt früh los und parkt an der erstbesten Stelle in dem Ort. Da sie nicht weiß, wo es in Petacas einen Friseursalon gibt, streift sie suchend umher, bemüht, nicht in den Schlamm zu treten, der sich an den Gehwegrändern aufhäuft. Und gerade als irgendwann das Rathaus vor ihr auftaucht, erblickt sie auch Andreas, der sich mit ausladenden Gesten mit jemandem unterhält – man könnte meinen, er und sein Gegenüber würden sich streiten. Andreas steht breitbeinig da, zieht immer wieder an seiner Zigarette und legt den Kopf in den Nacken, wenn er den Rauch ausstößt. So hat Nat ihn noch nie erlebt, ja, von Weitem kommt ihr nicht einmal sein Körper vertraut vor. Andreas' Gesprächspartner ist größer und jünger als er. Genau besehen, ist er ein Jugendlicher, verglichen mit ihm wirkt Andreas fast wie ein alter Mann. Im ersten Augenblick würde Nat am liebsten kehrtmachen und sich irgendwo verstecken, aber dann beschließt sie, einfach weiterzugehen. Als sie näherkommt, stellt sie fest, dass die beiden keineswegs streiten, sondern miteinander reden, wie Männer es manchmal tun –

in einer Mischung aus Ironie und derber Kumpelhaftigkeit. Andreas wendet sich um, sieht sie und lächelt. Offensichtlich ist das aber nicht als freundliche Begrüßung gemeint, er entfernt sich nämlich augenblicklich von seinem Gesprächspartner und tritt ihr entgegen, als wollte er verhindern, dass sie noch näher kommt. Er stellt sie nicht einmal vor, sondern verabschiedet sich bloß kurz von dem jungen Mann, während das Lächeln schon wieder aus seinem Gesicht schwindet.

»Was machst du hier?«

»Ich lasse mir die Haare schneiden, hab ich doch erzählt.«

»Ah ja, stimmt. Wo genau gehst du denn hin?«

»Nirgendwohin. Ich weiß nicht, wo es hier einen Friseursalon gibt.«

»Komm, ich zeig dir einen.«

Er geht mehrere Schritte voraus und sieht sich dabei um, als hielte er nach jemand anderem Ausschau, als wäre sie überflüssig, ja, als wäre sie gar nicht mehr da. Nat folgt ihm bedrückt. Er hat sie nicht geküsst, natürlich nicht, aber nicht nur das, er hat sich ihr nicht mal genähert, um sie zu berühren, wo sie gerade eben noch gesehen hat, wie er seinem Freund die Hand auf die Schulter legte.

»Schau mal, hier arbeite ich.«

Durch die Eingangstür eines kleinen Ladengeschäfts blickt Nat in einen mit Papieren, Geräten und Kisten vollgestopften Raum, in dessen Mitte zwei Computer und ein riesiger Drucker stehen. Andreas' Chef – ein Mann ähnlichen Alters, er hat wirres Haar und trägt einen Trainingsanzug – beugt sich über mehrere Pläne, die so groß sind, dass sie bis auf den Boden hinabhängen. Dass sie knittrig oder schmutzig werden könnten, scheint ihm egal zu sein. Andreas grüßt ihn von der Schwelle aus, geht aber weder hinein, noch fordert er Nat auf, einzutreten. Stattdessen deutet er mit dem Arm in die

Richtung, wo sich, wie er sagt, der Friseursalon befindet, zwei oder drei Querstraßen weiter. Sein Tonfall ist schneidend – jedenfalls hört es sich für Nat so an –, als wollte er klarstellen, dass sie hier nicht dazugehört. Zum Abschied drückt er zwar ihren Arm und sieht ihr in die Augen, doch für Nat ist das inzwischen nicht mehr genug.

Auch im Friseursalon vermittelt man ihr das Gefühl, nicht dazuzugehören. Als Nat hereinkommt, ist eine Friseurin mit langen Locken, enganliegendem T-Shirt und lautem Lachen gerade dabei, einer Kundin das Haar zu glätten. Ohne die Arbeit zu unterbrechen oder Nat auch nur zu fragen, was sie möchte, fordert sie sie auf – oder vielmehr, befiehlt sie ihr –, sich zu setzen und zu warten. Nat tut, wie ihr geheißen, setzt sich und versucht in dem Buch zu lesen, das sie mitgebracht hat. Die Augen auf den Text gerichtet, belauscht sie das Gespräch der beiden Frauen, die mit allen möglichen Anspielungen und Privatwitzen über jemanden herziehen. Nat fühlt sich nicht wohl bei ihrem verschwörerischen Gelächter, es kommt ihr vor, als würden die beiden sich auch über sie lustig machen – und wer weiß, vielleicht ist das tatsächlich so. Als Nat an die Reihe kommt, betrachtet die Friseurin sie prüfend im Spiegel, fragt, was für einen Schnitt sie wolle, hört ihr dann aber gar nicht zu. Sie nimmt ihr Haar in Augenschein, hebt einzelne Strähnen an und lässt sie gleichgültig wieder fallen. »Deine Haare sind ganz schön kaputt, da muss 'ne Menge weg.«

Nat sagt nichts dazu, lässt mit sich anstellen, worum sie nicht gebeten hat.

Mit dem neuen Haarschnitt wirkt sie mehrere Jahre älter. Außerdem sieht sie blasser aus, und die Ringe unter den Augen scheinen größer und dunkler. Obwohl sie gesagt hat, dass sie keinen Pony möchte, hat sie jetzt einen an den Seiten offenen Pony. Trotzdem lächelt sie und zahlt widerspruchslos, was die junge Frau verlangt.

Bevor sie nach La Escapa zurückfährt, geht sie noch auf den Markt, um für Roberta und Joaquín einzukaufen. Beim Anstehen folgt sie den Unterhaltungen der geschwätzigen Frauen und boshaften Verkäufer, ihren schnell vorgebrachten, rätselhaften Äußerungen, die ihr völlig unverständlich bleiben. Mehrere Hunde schnüffeln zwischen den Kisten herum. Niemand macht sich die Mühe, sie zu verscheuchen, so sinnvoll das eigentlich wäre, denn schon im nächsten Augenblick könnte es passieren, dass einer von ihnen sich etwas schnappt und mit der Beute davonmacht. Selbst die Kinder – müssten sie um die Zeit nicht in der Schule sein? – wirken dreist und verschlagen. Und die Augen der Jugendlichen blitzen hochmütig und herausfordernd.

Nein, so schlimm kann es nicht sein, sagt sie sich. Es liegt an ihr, ihrem kranken Blick. Wenn sie doch einfach die Augen schließen könnte, um nichts mehr zu sehen.

Seit Jahren hat sie nicht mehr an sie gedacht. Nach der Episode im Friseursalon jedoch steigt die Erinnerung an die strahlend schönen Tage, die auf einmal so traurig und unverständlich wurden, wieder in ihr auf. Nat war sieben, bestenfalls acht, Estrella dürfte nur wenige Monate älter gewesen sein, allerdings hatte dieser kleine Unterschied damals eine riesige Bedeutung, er stellte so etwas wie eine Garantie dar, schließlich war es ein Privileg, mit einer erfahrenen Älteren wie ihr befreundet zu sein beziehungsweise hoch in ihrer Gunst zu stehen. Sie kann sich weder an ihr Gesicht noch an ihre Stimme erinnern, dafür weiß sie noch genau, wie es war, wenn Estrella sich hinter sie setzte, um sie zu kämmen. Estrellas großer Traum war es, Friseurin zu werden, dafür üben könne sie jedoch nicht mit irgendjemandem, erklärte sie, nur mit ihr, der glücklichen Nat, die sie allen anderen vorzog, weil sie so feines Haar hatte, wie sie behauptete, viel längeres und schöneres Haar als alle anderen. Estrella machte ihr alle möglichen Zöpfe und Knoten, bearbeitete ihr Haar stundenlang mit der Bürste, blies ihr sanft in den Nacken, was ein köstliches Kitzeln hervorrief, und Nat schloss die Augen und ließ sich von der anderen leiten.

Eines Tages fing Estrella jedoch an, an ihrem Haar zu ziehen und es zu unangenehm straffen Pferdeschwänzen zusammenzubinden. »Dein Haar bricht, überall«, sagte sie und warf schnaubend die Bürste zu Boden. Nat verstand nicht, was sie falsch gemacht hatte, bat sie, es noch einmal zu versuchen, und falls es dann wieder wehtun sollte, würde sie still sein und sich die Tränen verkneifen. Nur wenige Tage später hatte Estrella sie durch ein anderes Mädchen ersetzt. Von ihrer Ecke aus sah Nat zu, wie Estrella die neue Auserwählte kämmte, sie mit größter Sorgfalt bürstete, ihr bunte Gummis in die Strähnchen band und rings um die Stirn Zöpfe flocht – lauter Sachen, die sie mit Nat nie gemacht hatte. Abschließend fasste sie die andere am Kinn, um das Ergebnis ihrer Bemühungen zu begutachten, und klatschte beglückt in die Hände. Die Neue beobachtete Nat aus der Ferne, womöglich mit leisem Unbehagen, aber zugleich unsäglich zufrieden.

Nat begriff nicht, was sie sich hatte zuschulden kommen lassen, um auf solche Weise bestraft zu werden. Als sie aber im Religionsbuch ein Bild von Adam und Eva und der Vertreibung aus dem Paradies sah, sagte sie sich: Genau das ist mir passiert.

Nats Nachbarn laden Tüten mit Lebensmitteln aus ihrem Van, während die Kinder mit einem Bogen und einem Köcher voller bunter Pfeile ums Haus laufen. Obwohl es neblig ist, glaubt Nat aus der Ferne zu erkennen, dass die Nachbarin schwanger ist. Der Mann hebt zum Gruß die Hand, und Nat fühlt sich verpflichtet, näherzukommen, alles andere wäre unhöflich. Die Nachbarn fragen, wie ihre Woche war. Sie klagen über das Wetter – der Sturm hat das Schilfdach ihrer Veranda fortgerissen. Zu Nats Überraschung geben sie sich wieder sehr freundlich, ja geradezu herzlich. Als würden sie sich nur für sie interessieren, wenn sie intuitiv merken, dass sie in Schwierigkeiten steckt, sagt sich Nat. Als witterten sie, dass es mit ihr bergab geht, und würden sich darüber freuen.

Die Nachbarin nimmt sie am Arm und gibt jetzt zu, dass sie – ja, wirklich – schwanger ist. Ihre Augen glänzen, während sie spricht und sie wie eine innige Freundin berührt, um sie anschließend zum Abendessen einzuladen. Um die gute Nachricht zu feiern, wie sie sagt. Bevor Nat antworten kann, fügt die Nachbarin, sich sanft über den Bauch streichend, mit leiser Stimme hinzu:

»Nur du bist eingeladen …«

Nat sieht sie verständnislos an.

»Ich meine … Wir würden es nicht so gern sehen, wenn der Deutsche mitkommt.«

»Andreas?«

»Genau, Andreas.«

»Na klar«, sagt Nat, »kein Problem.«

Ein kalter Wind kommt auf, schneidend scharf, als sollten alle Keime und Erreger fortgeblasen werden. Unter diesen Umständen etwas zu erwidern oder wenigstens nachzufragen, scheint aussichtslos. Stattdessen wird das Gespräch dadurch zu allem Überfluss wieder aufs Wetter gelenkt – ach ja, wirklich unangenehm! Trotzdem fragt Nat sich insgeheim: Warum wollen sie ihn nicht dabeihaben?

Wenn sie die Einladung annimmt, kann sie Andreas an diesem Abend nicht sehen. Zu dem Abendessen zu gehen wird dann aber auch zu einer Botschaft an ihn, einer verschlüsselten Botschaft, deren Inhalt nicht einmal ihr selbst klar ist. Sie beschließt, nichts weiter zu erklären, ihm einfach zu schreiben, dass sie heute nicht kommt, sie würden sich dann morgen sehen. Was er sich dabei wohl denken wird? Höchstwahrscheinlich wird er sich überhaupt nichts denken, sagt sich Nat.

Beim Abendessen – Píter hat sich auch dazugesellt – berichten die Nachbarn von ihrem Vorhaben, auf ihrem Grundstück ein Schwimmbecken anzulegen. Sie haben die Kosten überschlagen, so teuer ist das gar nicht. Das Becken soll vor allem lang sein, damit man darin richtige Bahnen schwimmen kann. Funktional, auch wenn es nicht besonders schön aussieht.

»Das Schlimmste bei einem Schwimmbecken sind die Instandhaltungskosten«, sagt Nat. »Das kann höllisch teuer werden.«

Die Nachbarn nicken, sie haben alle Nachteile in Erwägung gezogen und wollen das Becken trotzdem anlegen.

»Also, ich weiß nicht«, sagt Nat. »Ich war immer der Ansicht, dass sich das am Ende nicht lohnt. Tut mir leid, aber jedes Jahr eine derartige Menge Wasser zu verbrauchen kommt mir ganz schön unsinnig vor …«

»Man braucht das Wasser gar nicht so oft auszutauschen. Mit den richtigen Zusatzstoffen und einer Überdachung bleibt es lange frisch.«

»Von wegen frisch … Diese chemischen Zusatzstoffe sind total schädlich. Mich überzeugt das jedenfalls nicht.«

Nat geht zu weit, das ist ihr klar. Sie hat keine Ahnung von Schwimmbecken, aber das hält sie nicht davon ab, ihre

Meinung kundzutun. Was ist los mit ihr? Will sie sich bloß selbst davon ablenken, dass sie am liebsten sofort aufstehen und zu Andreas laufen würde? Píter kommt ihr zu Hilfe und wechselt das Thema. Nat starrt auf ihren Teller, während sie sich an die Worte der Nachbarin erinnert – ihr zaghaftes Sprechen, der gesenkte Blick, die über den Bauch streichende Hand: »Wir würden es nicht so gern sehen, wenn der Deutsche mitkommt.« Die möglichen Erklärungen für diesen Satz gehen ihr im Kopf herum. Vielleicht ist es zwischen Andreas und den Nachbarn ja irgendwann zum Streit gekommen. Oder vielleicht nur zwischen ihm und der Frau, eine private, intime Angelegenheit. Schließlich war sie es, die das mit Andreas gesagt hat, sie hat die Gelegenheit genutzt, dass ihr Mann für einen Augenblick verschwunden war. Ob er sie etwa auch schon mal gebeten hat, ihn in sie reinzulassen …? Nat verzieht vor Schmerz das Gesicht. Píter, der ihr gegenübersitzt, beobachtet sie aufmerksam. Nein, das kann nicht sein, sagt sich Nat. Die Nachbarin hat im Plural gesprochen – »Wir würden es nicht so gern sehen« –, es kann nicht nur um sie gegangen sein. Nat könnte Andreas selbst danach fragen, dann wüsste sie wahrscheinlich gleich Bescheid. Aber das wird sie nicht tun. Andreas ist es vollkommen egal, was die anderen über ihn denken. Wenn sie ihn auf die Sache anspräche, würde er bloß erwidern, dass das keine Rolle spielt, falls er nicht einfach überhaupt nichts dazu sagen würde. Böse werden würde er keinesfalls, selbst wenn er erführe, dass die anderen hinter seinem Rücken schlecht über ihn reden und fiese Andeutungen machen.

Nichts liegt Andreas' Charakter ferner als Zorn. Nat hat noch nie erlebt, dass er außer sich geraten wäre oder die Geduld verloren hätte wie sie gerade eben, als es um das Schwimmbad ging. Nicht einmal, als er von seiner Mutter erzählte, ist er laut geworden. Und auf Diskussionen lässt er sich gar nicht erst ein. Wenn er seinen Standpunkt darlegt, tut er das, anders als sie, nie mit dem Bedürfnis – oder dem Eifer –, sich verständlich zu machen. Den Anspruch, andere zu überzeugen, gibt es bei ihm schlichtweg nicht.

Eben diese Haltung regt Nat seltsamerweise erst recht auf.

Manchmal fragt sie sich, ob sein Gleichmut nicht doch eine versteckte Form von Aggressivität ist.

Sie liegen im Bett, als auf einmal Lis Miauen zu hören ist. Tief, langgezogen, klagend. Unaufhörlich miauend zieht die Katze ihre Kreise durchs Haus, kommt ins Zimmer und geht wieder hinaus. Geistesabwesend ahnt Nat, dass auch Andreas mit den Gedanken woanders ist. Aber nicht nur wegen des Lärms, den die Katze macht. Irgendetwas mit ihren Körpern funktioniert nicht mehr, und es lässt sich auch nicht wieder in Ordnung bringen. Ihre Bewegungen sind langsam, ungeschickt, steif. Noch vor wenigen Wochen, sagt sich Nat, war es vollkommen anders, sie umarmten sich, und alles nahm wie von selbst seinen Lauf, floss dahin. Dieser Gedanke – dieser Vergleich – macht es nur noch schlimmer. Und dann ist da weiterhin die Katze, deren Miauen an ein weinendes Baby erinnert, sie will einfach nicht aufhören. Nat hält inne.

»Ob sie Wehen hat?«

»Nein«, sagt Andreas. »Sie sucht nach ihren Kleinen. Sie sind gestern zur Welt gekommen.«

Nat richtet sich auf. Rittlings auf Andreas sitzend, sieht sie ihm ins Gesicht, ohne Brille wirkt es schutzlos und fern.

»Und wo sind sie?«

»Ich habe sie in einem Fass ertränkt.«

»Du hast sie ertränkt?«

»Was hätte ich tun sollen? Das war das Beste für sie.«

Nat ist entsetzt. Warum ertränken? Hätte es keine andere Möglichkeit gegeben? An eine andere Möglichkeit hat er nicht mal einen Gedanken verschwendet! Warum konnte die Katze sie nicht behalten? Platz hat er doch mehr als genug! Oder sie verschenken? Tut es ihm kein bisschen leid, sie getötet zu haben? Hat er keinerlei Mitleid? Während sie ihm diese Fragen stellt, zieht sie sich an, zeigt ungehemmt ihre Empörung, obwohl sie weiß, dass es dabei nicht nur um die toten Kätzchen geht. Andreas sagt kein Wort. Er sieht sie bloß verächtlich an, bis er schließlich fragt, ob sie die Nacht so beenden will, ob sie mittendrin aufhört und weggeht, ob sie sich nicht wenigstens ein bisschen beherrschen kann. Als ob es für ihn darauf ankäme, wie die Nacht zu Ende geht, erwidert Nat – er ist der unsensibelste Mensch, dem sie je begegnet ist. Nicht nur, wenn er kleine Lebewesen umbringt, auch sonst. Wenn sie jetzt geht, hockt er sich bestimmt vor den Fernseher, als wäre nichts gewesen.

Er betrachtet sie ungerührt, mit leerem Blick. Zieht sich langsam an, setzt sich vorsichtig die Brille auf, bevor er spricht. An jeder Bewegung ist zu erkennen, dass dies das Ende ist. Daran, wie er sich die Schuhe zubindet. Wie er die Gürtelschnalle zurechtrückt, nachdem er den Dorn durchs Loch gesteckt hat. Wie er aufsieht, Nat in den Blick nimmt und ihre Worte wiederholt: »Kleine Lebewesen umbringen, was für ein Blödsinn.« Sie bilde sich ein, sie sei die Einzige, die den Durchblick hat, sie maße sich an, über andere zu urteilen. Dabei hat sie keine Ahnung, sagt er. Sie soll mal schön still sein. Sich umsehen und still sein.

Nat beißt sich auf die Lippen, antwortet dann mit Tränen in den Augen.

»Du redest genau wie mein Vermieter. Genauso verächtlich. Ihr haltet euch für was Besseres.«

»Weil dein Vermieter recht hat. Hier bei uns gelten andere Regeln. Und die begreifst du nicht. Nicht, dass du sie nicht befolgen würdest – du bist einfach nicht imstande, sie zu begreifen.«

»Was für Regeln? Was für Regeln meinst du denn? Dass Handwerker mit Sex bezahlt werden, zum Beispiel?«

Nat bleibt keine Zeit, ihre Worte zu bedauern. Sie hat sie ausgesprochen, sie lassen sich nicht zurücknehmen. Andreas schiebt sie mit einem Arm zur Seite, sieht sie mit hartem Blick an. Auf dem Bett sitzend, holt er tief Luft, streicht sich das Haar glatt und sagt dann vollkommen ruhig, dass er Schluss machen möchte.

»›Schluss machen‹ womit?«, fragt Nat zitternd.

»Schluss machen mit unserer Geschichte. Nenn es, wie du willst. Aufhören. Die Beziehung beenden.«

»Ich wusste gar nicht, dass wir eine Beziehung haben!«

»Nein? Und dass du jeden Abend bei mir im Bett liegst, was ist das dann?«

»Das frage ich mich auch schon die ganze Zeit – was ist das eigentlich?«

»Du hast es nie kapiert, oder? Deshalb spionierst du mir nach, schleichst ums Haus herum, um rauszukriegen, ob ich da bin oder nicht … Weil du nichts kapierst.«

»Wovon redest du?«

»Du weißt genau, wovon ich rede. Es ist aus. Meine Geduld ist am Ende.«

Nat hört, was er sagt, ohne ihn zu verstehen. Sie nimmt die Laute wahr, erfasst aber die Bedeutung nicht. In ihrem Innern setzt eine Veränderung ein. Ihre Wut verfliegt und überlässt den Platz einer Leere, die dröhnend in ihr widerhallt. Sie hat das Gefühl, in einen Brunnen gestürzt zu sein und zu ertrinken. Sie reibt sich mit den Fäusten die Augen und sieht ihn schon wie von einem völlig anderen Ort aus. Ihre eigene Stimme kommt ihr fremd vor, als erklänge sie von weit her, von außerhalb ihrer selbst.

»Nein, nein, nein … Das meinst du nicht so.«

Andreas antwortet nicht. Sie fühlt sich wie gelähmt, außer Gefecht gesetzt. So hockt sie eine Zeitlang auf dem Boden, einen Schuh hat sie angezogen, den anderen nicht, die Bluse ist noch nicht zugeknöpft, sie wartet.

»Du gehst jetzt besser«, sagt Andreas irgendwann.

Nat steht auf, zieht sich fertig an und geht.

Das muss sie jedenfalls getan haben – anschließend kann sie sich nicht daran erinnern, wie eine Schlafwandlerin. Sie weiß auch nicht mehr, was sie gesagt hat, als sie gegangen ist – falls sie etwas gesagt hat. Wie sie den Weg zurück gefunden hat. Wie sie, wegen der Dunkelheit, vorsichtig einen Fuß vor den anderen gesetzt hat und trotzdem immer wieder gestolpert ist. Wie sie ihre Haustür geöffnet, sich bäuchlings aufs Bett geworfen und den Kopf ins Kissen gedrückt hat, um den Schmerz zu ersticken.

Sieso nähert sich dem Bett, stupst sie sanft mit der Schnauze an und lässt sich dann neben ihr auf dem Teppich nieder.

Bis auf den Hund – den Grabwächter – ist sie jetzt allein, vollkommen allein. Um sie herum nichts als Stille, scheinbare Stille, wie immer. Der Motor eines Quads dröhnt durch die Nacht, in der Ferne bellen Hunde, und dann nähern sich ihr ein paar neue Wörter, klar und deutlich nimmt Nat sie wahr: *Uns aber straft die Zeit.*

Sie spricht sie aus, als läse sie einen Text ab, als stammten sie nicht von ihr, sondern von irgendwo da draußen, von irgendwo sehr weit weg.

III

Sie ruft ihn am nächsten Tag an, und am übernächsten und am überübernächsten, sie will einfach nicht glauben, dass er wieder nicht drangehen wird, verspricht sich jedes Mal, dass dies der letzte Versuch war, im Wissen, dass sie sich in seine Hände gibt, würdelos vor ihm in die Knie geht, und trotzdem macht sie beharrlich weiter, ist schließlich sogar kurz davor, bei ihm zu Hause aufzutauchen, ja, falls nötig auch in seinem Büro in Petacas. Irgendwann nimmt Andreas doch ihren Anruf an, aber nur, um sein Urteil zu wiederholen: Sie sollten sich nicht mehr sehen. Er sagt es ruhig und sicher, ohne sich aufzuregen oder zu schreien. Wegen der vorausgegangenen Anrufe macht er ihr keine Vorwürfe, beschwert sich nicht über ihre aufdringliche Hartnäckigkeit. Er macht ihr überhaupt keine Vorwürfe. An der fehlenden Wut erkennt Nat, dass seine Entscheidung unumkehrbar ist.

Aber sie kann sich nicht geschlagen geben. Bittet. Fleht. Da legt er auf. Von da an wird er keinen einzigen ihrer Anrufe mehr annehmen und auch auf keine ihrer Nachrichten mehr antworten. Andreas' Stärke, die Stimmigkeit seines Verhaltens, sagt sich Nat, ergibt sich einzig und allein daraus, dass er sich durch nichts beirren lässt, seinen Entschlüssen immer treu bleibt.

Die Gewissheit, an die endgültige Grenze gelangt zu sein, macht sie krank, buchstäblich. Sie legt sich ins Bett und steht tagelang nicht mehr auf. Das Telefon legt sie in ihre Nähe, guckt alle fünf Minuten aufs Display, schiebt den Apparat dann unters Kissen, tastet anschließend suchend danach, todmüde, aber unfähig, ganz einzuschlafen. Ihre Haut brennt vor Verzweiflung. Dass sie Andreas, seinen Körper, all das, was sie zusammen getan haben und nie wieder tun werden, verloren hat, kann sie unmöglich hinnehmen. Immer wieder geht sie durch, was geschehen ist, alle Worte, die sie gesagt haben, ihre genaue Abfolge. Er hat sie beiseitegeschoben – er hat sie mit dem Arm geschubst, sie wäre fast auf dem Boden gelandet –, aus seinem Haus vertrieben. Beim bloßen Gedanken daran könnte sie laut aufschreien, so aufwühlend und schrecklich ist es.

In Sorge, weil sie so lange das Haus nicht verlässt, kommt Píter zu ihr. Was ist los mit ihr? War sie schon beim Arzt? Braucht sie etwas? Nat bleibt reserviert, auch sie will sich nicht von ihrer Haltung abbringen lassen. Sie bittet ihn nur, Joaquín und Roberta mitzuteilen, dass sie sich eine Zeitlang nicht um sie wird kümmern können. Außerdem soll Píter Futter für Sieso besorgen. Welch Ironie, sagt sie sich – Píter muss sich um das Fressen für einen Hund kümmern, den er verabscheut.

Er ist wohl auch derjenige, der den Nachbarn von ihrem Zustand berichtet, denn am folgenden Freitag stattet die Frau Nat gleich nach ihrer Ankunft einen Besuch ab. Sie hat ein Holzkistchen mit lauter sorgfältig geordneten Teebeuteln dabei, gegen alle möglichen Erkrankungen und Beschwerden. Kamille, Melisse und Linde, Salbei, Thymian, Baldrian und Minze, um auf so einfache wie wirksame Weise Verdauungsstörungen, Schlaflosigkeit, Gelenkschmerzen, Menstruationsbeschwerden, ja selbst Traurigkeit zu bekämpfen.

»Die Kiste ist für dich, du kannst sie behalten, ich schenke sie dir.«

Ein hinterlistiges Geschenk, sagt sich Nat, als ob sie früher oder später all diese Sachen würde durchmachen müssen … Trotzdem bedankt sie sich für die Aufmerksamkeit.

Die Nachbarin sagt, das sei doch nichts Besonderes, sie seien schließlich da, um einander zu helfen, Nat würde im umgekehrten Fall das Gleiche tun, das wisse sie nur zu gut. Nat betrachtet ihren bereits leicht gewölbten Bauch unter dem indigoblauen Baumwollkleid. Es kommt ihr so vor, als sähe sie die Nachbarin zum ersten Mal, und sie findet sie viel attraktiver als bei der ersten Begegnung, ihr Haar scheint seidiger, die Haut straffer und jünger, alles ist von einer natürlichen Eleganz. Auf einmal fühlt Nat sich unwohl und fragt, ohne lange zu überlegen, geradeheraus:

»Was ist eigentlich mit dir und Andreas? Hast du was gegen ihn?«

Ihre Worte klingen ungewollt schroff. Ausfallend, sagt sich Nat: Jetzt fühlt sich die Nachbarin bestimmt angegriffen und wird erst recht nichts erwidern. Die aber senkt den Kopf, als dächte sie über die Frage nach, sieht dann auf und verneint lächelnd.

»Nein, ich habe nichts gegen ihn.«

»Aber neulich hast du mir verboten, ihn zu euch mitzubringen!«

Die Nachbarin lächelt sie weiter unbeirrt an.

»Verboten ist ein bisschen übertrieben. Ich habe dich nur darum gebeten.«

»Aber warum?«

Die Nachbarin streicht sich erneut über den Bauch, wiegt sich ein wenig hin und her.

»Nichts Besonderes. Ich kenne ihn bloß kaum. Da fehlt dann das Vertrauen.«

Am Nachmittag kommt ihr Mann vorbei. Was auch immer sie brauche, wobei auch immer er helfen könne – er ist für sie da, sagt er. Macht sie wirklich einen dermaßen besorgniserregenden Eindruck?, fragt sich Nat. Oder ahnen sie, was der wahre Grund für ihren Zustand ist, und ergötzen sich an ihrer Bestrafung?

In der Stimme des Nachbarn klingt etwas unpassend Hoffnungsvolles mit. Weiß seine Frau, dass er hier ist? Hat sie ihn hergeschickt, oder ist er von selbst auf die Idee gekommen? Sie sieht ihn unverwandt an und merkt, wie er schwach wird, als wollte er mehr sagen, als er tatsächlich sagt. Seine Augen schimmern feucht – als würden sie sich gleich verflüssigen –, und er zögert, mehrere Sekunden, die sich beträchtlich in die Länge ziehen.

Das Lächeln des Nachbarn hat immer auch etwas Betrügerisches, er kann nicht anders. Oder zumindest etwas Gestelltes. Offenbar, denkt Nat einen Augenblick lang, sind die beiden vom selben Schlag.

Sie hat Albträume und ist danach völlig erschöpft. Manchmal, egal um welche Uhrzeit, nickt sie bloß für wenige Minuten ein, aber das genügt, eine ganze Heerschar von Wesen vor ihr aufsteigen zu lassen – Menschen ohne Gesicht, sprechende Tiere –, die sich an sie wenden, ihr Befehle erteilen oder sie (an dunklen, labyrinthischen Orten) gefangen halten. Wenn sie sich nach dem Aufwachen in ihrem Schlafzimmer umsieht, kommt es ihr völlig fremd vor. Alles – die Möbel, jeder einzelne Gegenstand – ist an seinem Platz, und dennoch ist irgendetwas anders. Das ist mit Händen zu greifen, wie wenn plötzlich die Temperatur sinkt oder die Farben einer alten Fotografie verblassen. Als hätte die Welt beschlossen weiterzumachen und sich zu verwandeln, während sie für immer zurückbleibt.

Wie sie dieses Haus hasst – all ihre Versuche, es aufzuhübschen, haben zu nichts geführt! Ihr Bestreben, ihm durch Putzen und Dekorieren ihren Stempel aufzudrücken, hat sich als vergeblich erwiesen. Ihre Sachen stehen da, als hätte sie jemand irgendwo ausgeschnitten und hier wie in einer stümperhaften Collage zusammengeklebt. Sie betrachtet den Tisch mit ihren Papieren, dem Laptop, den Büchern, die selbstgenähten Vorhänge, den – eigentlich wunderschönen – kupferfarbenen Kerzenhalter, die Obstschale aus Keramik. Nichts passt zusammen, alles knirscht. Das war von Anfang an so, sagt sie sich: Sie gehört nicht an diesen Ort, hat nie hierhergehört.

Zwei ganze Wochen sind verstrichen. Wieder ist Sonntag. Jetzt ist sie am Zug, aber welche Spielfigur soll sie bewegen, und in welche Richtung?

Sie bricht zu einem Spaziergang auf.

Sie folgt dem Weg, der zum Haus von Roberta und Joaquín führt, an Gemüsegärten, Hühnerställen und Schweinekoben vorbei. In der Ferne sieht sie die beiden Alten, sie sitzen unter der Weinlaube, wo die Trauben noch reifen müssen. Sie hat die beiden im Stich gelassen, hat noch nicht einmal bei ihnen vorbeigeschaut, um zu fragen, wie es geht. Sollte sie das tun? Ja, sollte sie, aber nicht jetzt, sagt sie sich. Sie betrachtet die blühenden Orangenbäume. Dass sie so spät noch Blüten treiben, ist ungewöhnlich, hat Píter ihr erklärt, eine Folge der extremen Hitze in diesem Herbst. Nat würde allerdings nicht von Hitze, sondern eher von einem Stocken der Atmosphäre sprechen, als hätte die Luft aufgehört zu zirkulieren, was sich vor allem auf halber Körperhöhe bemerkbar macht, nicht an den Füßen und nicht am Gesicht, sondern im Hüftbereich – so oder so erschwert es das Gehen.

Sie ist allein unterwegs. Sieso ist ihr mehrere hundert Meter nachgelaufen, dann jedoch mitten auf dem Weg stehengeblieben, um ihr hinterherzusehen, ohne auf ihr Rufen zu reagieren, bis er irgendwann kehrtgemacht hat und – wie immer ungelenk und ohne jede Anmut – davongetrottet ist. Nat nähert sich jetzt einem der Orangenbäume und stellt fest, dass viele Blätter völlig verlaust sind. Manche sind vertrocknet und haben sich eingerollt. Eine in der Ferne aufsteigende Rauchsäule sorgt dafür, dass der blasse, fast schmutzig aussehende Himmel eine gelbliche Färbung annimmt. Es riecht nach Rauch, Orangenblüten und Mist, alles durcheinander. Ein Stück weiter vorn steht die Ruine des Hauses der inzestuösen Geschwister, mit den rot aufgemalten Schriftzügen STRAFE GOTTES und SCHANDE. Nat blickt durch die leeren Fensterhöhlungen – selbst die Rahmen hat man herausgerissen –, drinnen ist alles voller Müll und Fliegen. Sie geht hinein, obwohl sie weiß, dass es dort nichts zu sehen gibt, nichts Gutes jedenfalls. In der stehenden Luft zwischen den modrigen Mauern befällt sie eine unerträgliche Gewissheit: Egal, was sie tut, welchen Zug auch immer sie ausführt, Andreas wird sie niemals zurückgewinnen.

Sie hat ihn verloren.

Sie hatte ihn und sie hat ihn verloren.

Die Erkenntnis schmerzt, als würde sie gleich sterben, sie hält es für denkbar, dass sie hier, allein in dieser Ruine, schon im nächsten Augenblick tot umfallen könnte. Fast stürzt sie auf die Knie, hält sich aber gerade noch aufrecht. An eine Wand gelehnt, versucht sie gleichmäßig zu atmen. Sie hat das Gefühl, Zuschauerin der letzten Szene ihres Lebens zu sein. Das also ist wirkliches Leiden, denkt sie. Etwas Schreckliches wird geschehen, denkt sie dann.

Ein bisschen später, auf dem Rückweg nach Hause, nimmt sie in der Ferne plötzlich aufgeregtes Treiben wahr – zunächst kaum mehr als ineinanderfließende Formen, dann Leute, die sich um etwas herum bewegen, die Staubwolken mehrerer

Autos, darunter der Van der Nachbarn, der genau in diesem Augenblick anfährt, außerdem dumpfe Schreie. Eine düstere Ahnung nimmt in ihr Form an, und sie beschleunigt den Schritt. Wirklich begriffen, was vor sich geht, hat sie noch nicht, die Schreie kann sie inzwischen aber zuordnen, sie stammen von der Nachbarin, die in den anfahrenden Wagen steigt, und von ihrem kleinen Sohn, der brüllend herumtrampelt, weil man ihn alleine zurücklässt. Zu sehen ist auch eine Gruppe von Männern. Einer von ihnen hält einen Knüppel in der Hand – oder etwas, das aussieht wie ein Knüppel – und geht um Nats Haus herum. Der Van hat sich bereits ein Stück entfernt, in der von ihm aufgewirbelten Staubwolke ist er kaum noch zu erkennen. Was ist hier los?, fragt sich Nat, die immer schneller geht, was ist denn hier los? Da setzt sich ein anderer Mann aus der Gruppe in Bewegung, er läuft auf sie zu und ruft etwas, es hört sich jedoch nicht nach einer Warnung oder einem Hinweis an, es klingt eher wie ein Vorwurf, als wäre sie an etwas schuld. »He«, sagt er. »He!«, schreit er. Und alles andere geschieht sehr schnell. Der Hund, sagt man ihr, diese verfluchte Bestie. Wo war sie denn die ganze Zeit? Er hat dem Mädchen das Gesicht zerfetzt, sagt man ihr. Warum hat sie ihn nicht angebunden? Weiß sie etwa nicht, was für ein wildes Tier das ist? Und wo ist diese Scheißtöle jetzt? Sie muss ihn aushändigen, sagt man ihr, sie werden's ihm schon zeigen, das arme Mädchen, sie müsste sie mal sehen, damit sie weiß, was er angerichtet hat. Nat hat immer noch große Mühe, zu verstehen. Sie sieht, wie der kleine Junge, der jetzt neben der Tür steht, sich an den Kopf greift und sich eigenhändig das Gesicht zerkratzt, er ist völlig verängstigt und schreit wie am Spieß, und sie sieht eine Frau – die Besitzerin des Ladens –, die ihn in die Arme nimmt und gewaltsam fortzerrt. Jemand herrscht Nat an, sie solle hier sofort verschwinden, sich auf die Suche nach der Bestie machen, sie soll bloß abhauen, sonst bringt sie noch jemand gleich an Ort und Stelle um, sie soll sich nicht wieder blicken lassen, jedenfalls nicht, bevor die arme Frau weiß, dass ihre Tochter gerettet ist – die Frau ist schwanger, und jetzt haben sie ihrer Tochter das Gesicht zerfetzt, und am Unglück dieser Frau ist offenbar Nat schuld.

Nat schließt sich wieder in ihrem Haus ein, falls sie von *ihrem* Haus – oder überhaupt von einem *Haus* – sprechen kann. Sie hat keine andere Wahl, wohin sollte sie sonst gehen? Egal, wohin sie geht, und egal, was sie sagt, ihr wird nichts als Ablehnung entgegenschlagen. Der Einzige, der bei ihr vorbeikommt, ist Píter. Er betrachtet sie besorgt, kneift die Augen zusammen. Nat liegt in sich zusammengerollt auf dem Sofa und starrt die Wand an. Píter versucht sie aufzumuntern, sie hört aber nur mit einem Ohr zu. So schlimm sind die Verletzungen des Mädchens offenbar gar nicht, sagt er. Es werden Narben zurückbleiben, aber für so was gibt es ja plastische Chirurgie. Dann erklärt Píter ihr irgendetwas mit den Wangen des Mädchens, oder, genauer gesagt, einer Wange. Auch sein Gesicht ist geteilt. Er sitzt Nat gegenüber, und die eine Hälfte liegt im Schatten. Er kommt ihr auf einmal viel jünger vor, sein Bart ist zerzaust, die Wangenknochen wirken im Halbdunkel sanfter, weniger schroff hervorspringend, vielleicht ist aber auch bloß sie älter geworden und sieht ihn jetzt von einer anderen Zeit aus. Mit leiser besänftigender Stimme erklärt er weiterhin Dinge, die Nat in diesem Augenblick nicht verstehen kann. Sich Sachen anhören müssen, wenn man nichts dazu zu sagen hat – was für eine Quälerei, sagt sich Nat. Ging es Andreas genauso, wenn sie auf ihn eingeredet hat? Hat sie ihn mit ihrem Geplapper genauso angestrengt?

»Du müsstest jedenfalls rausgehen und deine Hilfe anbieten. Nach der Kleinen fragen. Sie ist erst sechs, die Arme.«

»Die Arme«, wiederholt Nat und sagt dann:

»Ich bin nicht schuld daran.«

»Nein, natürlich nicht.« Píter nimmt ihre Hand, drückt sie.

»Jetzt hassen mich alle.«

»Sie hassen dich nicht. Aber du musst mitmachen, du kannst dich nicht einfach aus allem raushalten.«

Mitmachen heißt, ihnen Sieso übergeben, sobald er auftaucht, damit sie ihn opfern können. Der Hund – schlau, wie er ist – ist davongelaufen und lässt sich nicht blicken. Ob ihm womöglich klar ist, was er angerichtet hat? Ob er weiß, was für Folgen das haben kann?

Die Männer aus La Escapa und mehrere Polizisten aus Petacas durchforsten auf der Suche nach ihm die Umgebung. Sie sind bis zum Glauco vorgedrungen und werden, falls nötig, bis ganz hinauf gehen. Der Ladenbesitzer führt den Suchtrupp an. Keiner zeigt sich so empört, so rasend vor Wut wie er, es ist, als hätte der Hund seine eigene Tochter angefallen. Die Beschimpfungen, mit denen er sie bedacht hat, klingen Nat noch in den Ohren. Nur der Rom hat sie in dem Augenblick verteidigt. »Lasst die Frau in Ruhe«, hat er gesagt. Dann aber hat er sich den anderen angeschlossen, die suchend die Felder durchstreifen. Nat ist immer noch fassungslos, wenn sie daran zurückdenkt, verteidigt sich jedoch nicht.

Bei der Vorstellung, den Hund opfern zu müssen, packt sie das Grauen. Wenn er getötet wird, wird sie noch weiter im Unglück versinken, scheint ihr. Nicht in dem Unglück des Mädchens oder dem seiner Eltern, ja, nicht einmal in ihrem eigenen Unglück, sondern dem Unglück der Welt insgesamt, alles versänke unwiderruflich im Abgrund, als hätte das Opfern eines einzigen Tieres – dieses Tieres – zur Folge, dass die Ordnung der Dinge endgültig auf den Kopf gestellt wird.

»Ist dir nicht klar, dass er eine Gefahr darstellt? Was er mit der Kleinen gemacht hat, kann er genauso gut mit jemand anderem machen.«

»Sie ist über den Zaun geklettert, um auf dem Grundstück zu spielen. Hat nicht gefragt, ob sie das darf. Wäre sie nicht einfach über den Zaun geklettert, hätte Sieso sie auch nicht angegriffen. Außerdem: Wo waren denn ihre Eltern? Sind nicht die dafür verantwortlich, auf sie aufzupassen?«

Píter steht auf, sieht sie entsetzt an, die Augen weit aufgerissen.

»Sag bloß nicht so was! Zu niemandem! Sonst stürzt du dich ins Unglück!«

»Noch tiefer?«

»Du bist aufgeregt, du weißt nicht, was du sagst.«

Nat nickt. Lässt zu, dass er näherkommt, eine Decke über sie legt.

»Ruh dich jetzt aus. Ich komm morgen wieder.«

Die Stille ist jetzt anders, wie im Theater, als würde sie nur für sie aufgeführt, einzig und allein, um ihr etwas vorzugaukeln. Eigentlich müssten alle längst schlafen, aber sicherlich schläft niemand. Nat stellt sich die Männer aus La Escapa bei der Suche nach ihrem Hund vor. Mit Jagdflinten und Knüppeln, lauernd, bereit, ihn zu lynchen, sobald sie ihn finden. Werden sie ihn einfach so umbringen, den Schaden, den er verursacht hat, mit Grausamkeit vergelten? Sie schläft ein, verfällt in fiebriges Dösen. Träumt von Fackeln, deren Flammen bald hier, bald da in der Ferne aufscheinen. Von Andreas träumt sie auch, von seinen Händen, die sie berühren, streicheln, immer wieder taucht er auf und verschwindet, taucht auf und verschwindet. Als sie erwacht, dringt ockerfarbenes Licht durch die Ritzen des Rollos. Mehrere Stunden müssen vergangen sein, doch ihr kommt es vor, als wären es bloß ein paar Minuten gewesen. Von jenseits der Tür hört sie ein Winseln, ein leises, sanftes, fast menschliches Winseln. Jemand kratzt am Holz. Sie springt auf, öffnet. Auf der Schwelle steht Sieso, sieht ihr direkt in die Augen. Sein Fell ist schmutzig, an einer Pfote hat er eine frische Wunde, aber sein Blick ist reiner denn je. Dass er unbemerkt bis hierher gelangt ist, grenzt an ein Wunder. Ein echtes Wunder, sagt sich Nat. Warum sollte man solch ein Wesen töten?

Entkommen können sie nicht. Sobald sie den Motor anlassen würde, würden sie ihr den Weg abschneiden und auch sie lynchen. Und wenn sie mit dem Hund im Haus bleibt, sich tagelang nicht blicken lässt, werden sie beim ersten Bellen Siesos die Scheiben einschlagen und die Tür aufbrechen, wie damals bei den inzestuösen Geschwistern. Sie werden sie jetzt und hier schnappen, es wird kein Entkommen geben. Sie ist wie ein in die Enge getriebenes Tier, sagt sie sich. Wie Sieso, der sie immer noch ansieht und leise winselt.

Píter muss ihr helfen, eine andere Möglichkeit gibt es nicht. Noch könnte sie es versuchen. Noch könnte sie ihn vielleicht überzeugen, wenn ihr die richtigen Worte einfallen, wenn es ihr gelingt, ihm begreiflich zu machen, wie wichtig für alle – für die ganze Gemeinschaft – es ist, den Hund zu retten. Sie ruft ihn an. Sagt, er soll bitte so schnell wie möglich kommen. Einen Grund für die Eile nennt sie nicht.

Píter verstummt, als er reinkommt und Sieso vor sich sieht. Sein Blick wandert erwartungsvoll zwischen dem Hund und ihr hin und her. Nat fängt überstürzt an, zu sprechen.

Ist er mit dem Auto gekommen? Ja? Er könnte ihn heimlich mitnehmen, bei ihm würde niemand Verdacht schöpfen. Er könnte ihn in einem Tierheim abgeben. Oder irgendwo aussetzen, in einem anderen Dorf. Hauptsache, weit weg. Wenn der Hund in La Escapa bleibt, prügeln sie ihn tot.

»Du bist ja völlig durchgeknallt«, unterbricht Píter sie.

Aber Nat spricht weiter. Und wenn es sein Hund wäre? Würde er ihm keine Chance geben, davonzukommen? Selbst den schlimmsten Verbrechern gesteht man einen Verteidiger zu. Weiß er nicht mehr, was er damals über die Otter gesagt hat? Dass man sie einfach wegtragen soll? Sie packt ihn an den Schultern, schüttelt ihn. Er hat doch immer gesagt, er ist ihr Freund. Ein wirklicher Freund. Er hat gesagt, wenn sie Hilfe braucht, soll sie sich an ihn wenden. Genau das macht sie jetzt. Warum unterstützt er sie nicht?

»Weil das, was du verlangst, der blanke Unsinn ist. Es würde dir nichts nützen, aber nicht nur das, es würde dir sogar schaden. Du bist völlig durcheinander und kannst das jetzt nicht verstehen. Aber später wirst du mir dankbar sein, glaub mir.«

Nat wird wütend. Weist also auch er sie zurück? Stellt er sich auf die Seite der anderen, jetzt, wo sie die schwächste Figur auf dem Spielbrett ist?

»Das ist zu deiner Sicherheit. Und weil es eine Frage der Gerechtigkeit ist. Dem kannst du dich nicht widersetzen«, fügt er hinzu.

Nat blickt zur Seite, dreht sich um, sagt, er soll verschwinden. Mit schlurfenden Schritten verlässt Píter ihr Haus. Als ob man *ihn* verurteilt hätte, nicht sie, sagt sich Nat, was soll das Theater? Warum schleppt er sich so davon? In Wirklichkeit ist er bestimmt zufrieden, dass seine Vorhersage eingetroffen ist. Mit diesem Hund wirst du nur Probleme haben, hatte er gesagt. Es klang wie ein Fluch, und siehe da: So ist es gekommen.

Vielleicht eben deshalb – weil er mit seiner Vorahnung recht gehabt hat – hält Píter sich auch für befugt, sie zu verraten. Oder wer sonst sollte verantwortlich dafür sein, dass nicht einmal eine Stunde später zwei Polizisten an Nats Tür klopfen?

Sie kann nicht verhindern, dass sie Sieso mitnehmen, Widerstand zu leisten hat keinen Sinn mehr.

Joaquín steht bekümmert vor ihrer Tür, ringt die Hände. Nat sagt, er soll reinkommen, aber er ziert sich, kann sich nicht entschließen, über die Schwelle zu treten. Mit gesenktem Blick sagt er, dass es besser ist, wenn sie eine Weile nicht für sie arbeitet.

»Bis sich alles ein wenig beruhigt hat«, fügt er hinzu.

Alles andere wäre für die Übrigen nicht nachvollziehbar, sagt er. Sie kommen gut mit allen aus, und wegen Robertas Gesundheitszustand ist es auch besser, Konflikte zu vermeiden. Nat widerspricht ihm nicht. Sie gibt ihm sogar recht. Der Hund hat das Mädchen gebissen, und er gehört ihr, also ist sie auch schuld daran. Das ist nur gerecht. Da gibt es nichts zu deuteln, nichts zu diskutieren.

Joaquín bittet erneut um Entschuldigung. Auf seinen faltigen Wangen zeigt sich Schamesröte.

»Wir haben nichts gegen dich. Wenn alles vorbei ist, kannst du gerne wiederkommen.«

Roberta sieht sie noch am selben Nachmittag, sie ruht sich auf der Veranda aus, in dem abgewetzten gestreiften Liegestuhl, in den sie sich immer setzt, wenn sie eine Weile an der frischen Luft sein will. Die alte Frau winkt sie zu sich. Nat zögert, sie will ihr nicht schaden und sich auch den

Anweisungen ihres Mannes nicht widersetzen, zuletzt stellt sie sich aber an den Gartenzaun, gerade noch nah genug, um sich zu unterhalten.

»Wie geht's dir, Roberta? Was machst du so?«

Verdrossen erzählt Roberta von ihrem Sohn. Er hat versprochen, sie nach Italien mitzunehmen, sein Versprechen jedoch offensichtlich vergessen. Sie hat sich extra für die Reise neue Kleider gekauft, sagt sie, aber er hat sich nicht mehr gemeldet. Nat weiß, dass die beiden Alten einen Sohn haben, der im Ausland lebt, sie sehen ihn nie und erwähnen ihn kaum, aber was Roberta jetzt erzählt hat, kommt ihr nicht besonders logisch vor.

»Er hat sich auf dem Glauco verirrt«, sagt sie als Nächstes. »Er hat sich dort verirrt, als er klein war und noch keinen Bart hatte. Er hatte Gras im Gesicht, statt einem Bart.«

»Das ergibt doch keinen Sinn, Roberta.«

Sie dreht den Kopf zur Seite, als wollte sie das Thema wechseln.

»Ist egal.«

Sie hat feuchte Haare, wahrscheinlich hat Joaquín sie ihr gerade gewaschen und sie dann auf die Veranda gesetzt, damit sie an der frischen Luft trocknen. So, mit hinter die Ohren zurückgekämmten Haaren, sieht sie gut aus. Nat sagt es ihr.

»Du siehst hübsch aus, Roberta.«

»Komm doch rein und setz dich ein Weilchen zu mir, mir ist langweilig, so allein.«

»Ich habe jetzt leider keine Zeit. Aber dein Mann freut sich bestimmt, wenn er dir ein bisschen Gesellschaft leisten kann. Sag's ihm.«

»Pah, der redet anders, wir verstehen uns nie. Hast du das noch nicht bemerkt?«

»Was denn, Roberta?«

»Dass dieser Mann mich nicht versteht.«

»Deinen Mann meinst du? Natürlich versteht der dich!«

»Von wegen. Hier, an diesem Ort, versteht kein Mensch irgendwen.«

»Na ja, so ist das überall.«

»In La Escapa ist es aber noch viel schlimmer. Keiner, der hier lebt, ist auch hier geboren, siehst du das nicht? Alle sind von irgendwo anders hierhergekommen. Und jeder spricht eine andere Sprache. Englisch, Französisch, Deutsch …, Russisch! Chinesisch!«

Nat lacht.

»Was erzählst du da, Roberta? Hier sprechen doch alle dieselbe Sprache.«

Die alte Frau schnalzt mit der Zunge und winkt verächtlich ab.

»Von wegen! Da täuschst du dich, und wie! Siehst du? Du verstehst mich jetzt auch nicht.«

Sie kann Andreas nicht vergessen. Immer noch ist ihre Sehnsucht nach ihm groß. Manchmal schwellen beim bloßen Gedanken an ihn vor Begehren ihre Brüste an, und im ganzen Körper fängt es an zu kribbeln. Seine Gesichtszüge dagegen verschwimmen allmählich. Sie schließt die Augen und versucht, sein Bild heraufzubeschwören, aber es verblasst auch auf diese Weise weiter. Das Gefühl, ihn verloren zu haben, macht der Erinnerung mit großer Geschwindigkeit den Platz streitig. Eines Nachts träumt sie wieder einmal von ihm, allerdings ist er da viel größer und eleganter. Im Traum herrscht eine wunderbar ölige Atmosphäre, in der sie genüsslich versinkt. Mühelos schwimmt sie in dem wohlig weichen Wasser umher, betrachtet die Lichtstrahlen, die zu ihr in die Tiefe hinabdringen, den silbrigen Schimmer der Steine, die auf dem grünlichen Grund des Flussbetts liegen. Als sie erwacht, sagt sie sich: Nein, das war nicht Andreas.

Bei anderer Gelegenheit glaubt sie, ihn in der Ferne zu sehen. Was sie dabei empfindet, lässt sich nicht beschreiben. Am ehesten gleicht es vielleicht dem Eindruck, den man haben müsste, könnte man durch ein Fenster einen Blick in eine andere Welt werfen. Eine Welt, die ihr jetzt weit weg, unverständlich und immer noch schmerzhaft vorkommt. Aber war diese Welt nicht von Anfang an so – weit weg, unverständlich und schmerzhaft? Ja, sagt sie sich, aber früher war Nat ein Teil jener Welt, und jetzt befindet sie sich außerhalb von ihr.

Sie fängt nicht wieder an, ihn auszuspionieren – es wäre eine Katastrophe, noch einmal von ihm dabei erwischt zu werden! Aber sie beobachtet sein Haus aus der Ferne. Meistens ist die Tür zu – obwohl er sie sonst immer offenstehen ließ –, und der Lieferwagen parkt so gut wie nie davor. Wo er jetzt wohl die ganze Zeit ist?

Um das Haus herum herrscht seltsame Reglosigkeit, die nur von winzigen Veränderungen unterbrochen wird – mal ist die Schubkarre nicht am gewohnten Ort, mal stehen Gummistiefel neben der Tür und am nächsten Tag nicht mehr, mal ist das Rollo heruntergelassen, mal nicht. In jedem Fall dient ihr das als Beweis, dass Andreas noch am Leben ist. Was sie in gewisser Weise wundert, schließlich hat sie selbst das Gefühl, er sei längst tot.

Was er wohl über den Vorfall denkt, darüber, dass sie jetzt von allen geschnitten wird? Ob er Mitleid mit ihr hat? Oder ist er wie die anderen der Ansicht, sie sei schuld daran?

All das ist innerhalb eines sehr kurzen Zeitraums passiert. In einem so kurzen Zeitraum, dass es sie erstaunt, als sie darüber nachdenkt. Bei ihrer Ankunft in La Escapa hat sie eine neue Tube Zahnpasta angebrochen. Seitdem hat sie sich jeden Tag zwei- oder dreimal die Zähne geputzt – und trotzdem ist die Tube nicht aufgebraucht, sie ist noch ungefähr zu einem Drittel voll. Unglaublich, sagt sie sich, innerlich stellt sich die Welt auf den Kopf, und man wird vollständig durchgerüttelt, und all das innerhalb eines Zeitraums, in dem man noch nicht einmal 125 Milliliter Zahnpasta verbraucht.

Einmal sieht sie, dass die Tür des Chaletito offensteht. Sie gibt sich einen Ruck und geht darauf zu. Der Nachbar ist allein. Er erklärt ihr, er sei gekommen, um nach dem Haus zu sehen. Er blickt sie ernst an, jedoch eher neugierig als vorwurfsvoll. Dem Mädchen geht es besser, sagt er, sie erholt sich allmählich. Nat fragt, ob sie ihr böse sind. Sie würde sie gerne so bald wie möglich besuchen, sagt sie. Beide, das Mädchen und die Mutter. Sie möchte sich persönlich bei ihnen entschuldigen. Er überlegt eine Weile, bevor er antwortet. Dabei streicht er sich nachdenklich übers Kinn, was Nat einigermaßen affektiert findet. Nein, sagt er schließlich, sie sind ihr nicht böse. Nur dass sie so unvorsichtig war, werfen sie ihr vor. Man kann nicht einfach irgendwelche halbwilden Tiere bei sich aufnehmen. Es gibt Risiken, die sind schlicht zu groß, setzt er noch einmal an, auf die kann man sich nicht einlassen, ohne die möglichen Folgen zu bedenken. Nat würde gerne erwidern, dass Sieso kein halbwildes Tier war, dass auch der Nachbar ihn offensichtlich mochte, dass sie sogar gesehen hat, wie er ihn streichelte. Sie würde sich gerne verteidigen, aber sie weiß, dass sie kein Recht dazu hat.

Die Pupillen des Nachbarn zittern ein wenig, als wollte sein Blick sie von Kopf bis Fuß durchleuchten. Wirklich wehgetan, fährt er fort, habe ihnen nur Nats Weigerung, den

Hund herauszugeben. Sie haben viel verloren, ihre Tochter hat viel verloren – warum hat Nat sich da geweigert, selbst auch etwas zu verlieren? In diesem Sinne müsse sie es verstehen.

»Aber lass uns nicht hier draußen reden. Komm rein. Es ist kalt.«

Nat folgt der Aufforderung, im Haus kommen sie aber nicht mehr auf das Thema zu sprechen. Während der Nachbar die Lichter einschaltet und im Wohnzimmer die Heizung anstellt, redet er über andere Dinge. Er erzählt von seiner Arbeit. Er ist Geschäftsführer einer Versicherung, würde sich aber gerne selbstständig machen. Sein eigener Chef sein, das wäre was, sagt er, da gäbe es nie mehr jemanden, der ihm eine Gehaltserhöhung verweigern könnte ... Er lacht über seinen Witz und fragt Nat dann, wie es bei ihr so läuft, hört aber gar nicht zu, als sie antwortet. Wegen seiner Tochter scheint er sich, denkt Nat, keine allzu großen Sorgen zu machen. Er wirkt geradezu entspannt bei der Unterhaltung – im Grunde kommt er ihr ziemlich zufrieden vor, wie er so dasitzt mit seiner Nachbarin, die er ja offenbar nicht ganz unattraktiv findet und jetzt wegen des unglückseligen Vorfalls mit dem Hund in der Hand hat.

Er hat sie in der Hand, sagt sich Nat noch einmal, beziehungsweise, sie haben einander gegenseitig in der Hand, haben die Möglichkeit, Vergebung, Verteidigung und Wiederherstellung der Ehre zu kaufen oder zu verkaufen. Er verfügt über die Macht der Opfer und eben deshalb womöglich als Einziger über das Privileg, für sie eintreten zu können. Um das zu erreichen, muss Nat jedoch für ihre Schuld büßen, etwas zum Ausgleich anbieten. Eine Zeitlang malt sie sich die Vorstellung genüsslich aus. Warum nicht? Hat ihre Geschichte mit Andreas nicht genau so angefangen, mit dem

Tausch von Gütern? Dass der Nachbar auf sie steht, ist offensichtlich, das war von Anfang an so, und jetzt kann er seinen Wunsch einfacher denn je verwirklichen. Nat stellt sich vor, wie er sie, sich die Lippen leckend, umkreist wie ein Wolf. Plötzlich steigt Ekel in ihr auf. Diese Lippen, dieser Körper, sein Gewicht auf ihr, die blutleere Berührung, die den Unterschied zu dem, was sie besessen und verloren hat und bis jetzt nicht vergessen kann, nur umso deutlicher werden lässt. Am liebsten würde sie sich übergeben.

Der Nachbar zieht seine Jacke aus. Nat knöpft sich die Jacke zu, verabschiedet sich und geht.

Versöhnliche Stimmung macht sich in La Escapa breit, zu erkennen an den weihnachtlichen Lichterketten, die der Ladenbesitzer in die Bäume hängt, kleine Lämpchen, deren Blinken daran erinnern soll, dass das Jahr zu Ende geht und alle Bewohner des Ortes guten Willen zeigen sollen. Niemand dreht sich mehr nach ihr um und macht ein böses Gesicht oder eine abfällige Bemerkung, wenn sie vorbeigeht, zumindest bekommt sie nichts Derartiges mehr mit. Das Mädchen aus dem Laden behandelt sie vielleicht nicht genauso wie zu Beginn, aber doch mit einer gewissen Natürlichkeit, als hätte sie vergessen, was geschehen ist, oder wäre wenigstens bemüht, so zu tun. Die Roma-Familie bietet ihr einen Podenco-Welpen an, einen Hund, der ihr niemals Schwierigkeiten bereiten wird, wie sie versichern, aber bei der bloßen Vorstellung, es noch einmal mit einem Hund zu versuchen, lehnt Nat entsetzt ab. Joaquín gibt ihr zu verstehen, dass sie wieder zu ihnen kommen kann, wann immer sie will. Erneut ist er schamesrot, als er es ihr mit gesenktem Blick mitteilt. Sogar Píter entschuldigt sich. Er habe mit der Situation nicht gut umgehen können, gibt er zu, er weiß, dass er sie enttäuscht hat, aber es war nicht einfach, eine Lösung zu finden, die Lage war furchtbar kompliziert.

Nat hofft, dass mit der Rückkehr der Nachbarin und ihrer Kinder die Normalität endgültig wiederhergestellt ist, so brüchig diese Normalität trotz allem bleibt. Wer sich etwas hat zuschulden kommen lassen, erfährt für gewöhnlich erst dann Vergebung, wenn er seine Strafe empfangen hat. Für die Bewohner von La Escapa, sagt sich Nat, scheint ihr Bruch mit Andreas diese Funktion jedoch zu erfüllen. Dass sie aus ihrem rauschhaften Glückszustand vertrieben wurde, scheinen die anderen als hinreichende Buße zu betrachten. Würde sie sich weiterhin wie eine läufige Hündin mit ihrem Geliebten im Bett wälzen, während die arme Kleine bei ihren schmerzhaften Behandlungen bittere Tränen vergießt, würden sie ihr wahrscheinlich nicht verzeihen – so, glaubt sie, würden die anderen sich ausdrücken: »läufige Hündin«, »sich im Bett herumwälzen«. Weil sie sich aber nun mal nicht mehr mit ihrem Geliebten herumwälzt, wagt Nat sich wieder aus ihrem Versteck.

An Heiligabend begleitet sie Píter in die Bar des Dicken, wo sich mehrere Leute zum gemeinsamen Trinken einfinden. Der Abend geht schnell vorbei, alle essen mit gutem Appetit, machen Scherze, entkorken Champagnerflaschen und singen Weihnachtslieder. Das Mädchen aus dem Laden ist irgendwann betrunken und klettert auf ein Bierfass, wo sie, sich obszön in den Hüften wiegend, zu tanzen anfängt. Ihr ebenfalls betrunkener Vater fordert sie halbtot vor Lachen auf, wieder hinabzusteigen. Nat hat den Eindruck, in dieser Nacht sei alles erlaubt und aller Streit vergessen und vergeben, selbst die alte Feindschaft zwischen dem Besitzer des Ladens und dem Dicken. Deshalb wirft sie immer wieder Blicke zu dem Perlenvorhang an der Tür. Der Alkohol hat eine trübe Hoffnung in ihr geweckt – und wenn auf einmal Andreas hereinkäme? Bei der bloßen Vorstellung schlägt ihr Herz schneller. Aber Andreas lässt sich nicht blicken.

Verwirrt und aufgewühlt umarmt sie die anderen, als sie sich kurz vor Tagesanbruch verabschieden, warme Umarmungen in der Kälte der Nacht. Auf dem Rückweg verspürt sie plötzlich den Drang, sich Andreas' Haus zu nähern. Nur ein Blick aus der Ferne, sagt sie sich, ist doch nichts dabei, mal zu gucken. Ob er wohl da ist? Ob Licht im Haus brennt? Ob er Musik hört? Ob jemand bei ihm ist?

Aber sobald sie den Weg zu ihm einschlägt, bringen die Umrisse der Feigenkakteen in der Dunkelheit – düstere, bedrohliche Formen – sie dazu, umzukehren, als wollten sie sie warnen.

Bei der Rückkehr vom Einkaufen sieht sie, dass die Nachbarin neben der Eingangstür des Chaletito steht und die Blumen gießt. Mit klopfendem Herzen bleibt sie stehen, in jeder Hand mehrere Tüten. Als sie weitergeht, scheint ihr die Luft auf einmal so dünn, dass sie nur mit Mühe vorankommt. Ihr ist klar, dass sie sofort auf die Nachbarin zugehen und sie begrüßen müsste, dennoch bewegt sie sich wie in Zeitlupe vorwärts und überlegt dabei, welche Wörter sie keinesfalls aussprechen darf und welche im Gegenteil passend und angebracht wären, so sorgfältig abwägend wie bei der Arbeit an der Übersetzung, nur dass ihr die Bedeutung des Originals diesmal unbekannt ist.

Die Nachbarin empfängt sie mit einem Lächeln, sie sieht blendend aus, der senffarbene Pullover, die weitgeschnittene Schwangerenhose, das zum Pferdeschwanz gebundene Haar und die schimmernden Wangenknochen stehen ihr gut. Nat ist überrascht von ihrem Verhalten. Sie empfängt mich, als ob – sagt sie sich, ist aber nicht imstande, den Gedanken zu Ende zu führen. Sie empfängt mich, als ob.

Sie küssen sich zur Begrüßung. Mit gebrochener Stimme erkundigt Nat sich nach dem Mädchen. Die Nachbarin sagt, es gehe ihr schon viel besser. Sie ruft nach der Kleinen, die folgsam aus dem Haus kommt. Die Narbe zieht sich über die gesamte Breite der einen Wange, und dennoch wirken ihre äußerst zarten und noch unfertigen Züge nicht verunstaltet. Auch an Kinn und Hals weist sie leichte Verletzungsspuren auf. Wesentlich auffälliger ist dagegen ihr Ernst. Sie sieht Nat mit ausdruckslosem Blick an.

»Die Ärzte haben gesagt, dass die Narben mit der Zeit kaum noch zu sehen sein werden«, erklärt die Mutter. »Das ist der Vorteil, wenn man ein Kind ist. Die Haut regeneriert ganz wunderbar.«

Nat bekommt feuchte Augen. Sie bittet beide um Entschuldigung. Wie gern würde sie die Zeit zurückdrehen, sagt sie. Und dass es ihr wahnsinnig leidtut, so viel Schmerz verursacht zu haben. Wirklich wahnsinnig leid. Das Mädchen zeigt keinerlei Regung. Die Nachbarin legt Nat besänftigend die Hand auf den Arm und tritt zur Seite, bittet Nat herein. Nat betritt das Haus, ohne die Tüten loszulassen. Verwirrt setzt sie sich an den angewiesenen Platz und sieht sich suchend nach dem Nachbarn und dem anderen Kind um.

»Die sind nicht da«, sagt die Nachbarin, ohne dass Nat nach ihnen gefragt hätte.

Dann bietet sie ihr einen Kaffee an. Während sie ihn in der Küche zubereitet, bleibt das Mädchen wortlos neben Nat stehen. Anders als der typische Kinderblick ist ihr Blick kein Blick ohne Vergangenheit mehr. Stärker noch als die Narben lassen ihre Augen erkennen, dass es für sie inzwischen ein Vorher und ein Nachher gibt, einen Sprung in der Zeit. Nat versucht, sich mit ihr zu unterhalten, die Kleine bleibt jedoch einsilbig. Ihr Ausdruck verrät, zu welchem unabwendbaren Urteil sie für sich gelangt ist. Ihre Entscheidung ist längst gefallen, und zwar nicht zugunsten von Nat.

»Sie ist ziemlich in sich gekehrt«, sagt die Nachbarin, als sie wieder ins Zimmer kommt.

Sie sprechen über die Schwangerschaft, über Weihnachten. Wie war die Feier an Heiligabend? War es gut beim Dicken? Sie mussten den Tag mit ihren Familien verbringen, ist ja klar – bei ihren Eltern, seine Mutter war auch da –, die Großeltern sehnen sich nun mal nach ihren Enkeln, aber jetzt, während der Ferien, hatten sie Lust, ein bisschen aufs Land rauszufahren, irgendwann wollen sie auch einen Ausflug unternehmen, falls sie möchte, kann sie mitkommen. Nat fühlt sich unwohl. Wozu so viel Freundlichkeit? Es fällt ihr schwer, sich zu unterhalten, als wäre nichts gewesen, aber offenbar wird genau das von ihr erwartet, sie muss sich also Mühe geben. Die Nachbarin spricht jetzt über die Ausgaben. Die Ausgaben für die Bauvorhaben – der geplante Pool, die Küche soll aber auch vollständig erneuert werden –, und dazu die Weihnachtsgeschenke, die Heizung, die Arztkosten … Da begreift Nat. Daran hatte sie vorher nicht gedacht. Sie weiß nicht, ob es eine zufällige Bemerkung war oder ob die Nachbarin sie absichtlich ins Gespräch hat einfließen lassen, jedenfalls schluckt Nat und fragt:

»War es … teuer?«

Ach so, nein, erklärt die Nachbarin hastig. Sie meint die Kosten der Schwangerschaft. Sie ist bei einem renommierten Frauenarzt, er hat sie schon bei den ersten beiden Geburten betreut, bei diesen Dingen darf man nicht knausrig sein. Die Behandlungskosten des Mädchens hat die Versicherung übernommen. Zum Glück, fügt sie hinzu – Nat braucht sich keine Sorgen zu machen. Was vorbei ist, ist vorbei. Sie kommt näher, beugt sich leicht vor, senkt die Stimme. Während sie spricht, umkreist sie mit der Fingerspitze den Tassenrand, nimmt sich für jedes Wort Zeit.

»Weißt du, wenn wir dich hätten fertigmachen wollen, hätten wir dich angezeigt.«

Nat erstarrt, unfähig zu reagieren. Dass die andere plötzlich so mit ihr spricht, ist, als ob sie ihr links und rechts eine Ohrfeige verpassen würde.

»Wie?«

»Anzeigen. Wir hätten dich anzeigen können. Haben wir aber nicht. Hätten wir dich fertigmachen wollen, so richtig fertigmachen, hätten wir das getan. Du hättest keine Chance gehabt. Aber du siehst ja, wir haben nicht vor, es dir heimzuzahlen. Du kannst also entspannt sein.«

Nat nickt fassungslos. Ob das Lächeln der Nachbarin die Aggressivität ihrer Worte abmildern oder im Gegenteil noch verstärken soll, kann sie nicht sagen. Ein angespanntes Lächeln, das ihre blendend weißen Zähne zum Vorschein bringt. Sie sieht zu dem Mädchen hinüber. Es sitzt jetzt in einer Ecke auf dem Boden und spielt, scheinbar ganz in sich versunken, mit einer Videokonsole. Nat kommt es jedoch so vor, als ließe sie sich kein Wort der Unterhaltung entgehen. Die Nachbarin wechselt das Thema, ihr Lächeln wird kaum merklich sanfter, nun spricht sie über ihren Mann. Er ist zum Einkaufen nach Petacas gefahren, erklärt sie, im Laden hier in La Escapa wird es immer schwieriger, auch nur das Nötigste zu bekommen. Was sie kurz davor gesagt hat, kommt Nat jetzt wie bloße Einbildung vor, trotzdem weiß sie, dass dem nicht so ist, dass die Überraschung ein Teil der Inszenierung war, einem sorgfältig vorbereiteten Drehbuch folgte, dessen Anweisungen Punkt für Punkt umgesetzt wurden. Nat hört nicht mehr zu, sie will bloß noch gehen, weiß aber nicht, wie sie das Gespräch beenden soll. Erneut bequem zurückgelehnt, setzt die Nachbarin ihre Ausführungen fort. Ab und zu sieht das Mädchen auf, betrachtet die beiden Erwachsenen ernst und wendet sich wieder ihrem Spiel zu. Da fällt Nat eine Ausrede ein. Der Ofen, sagt sie leise. Sie hat den Ofen angelassen. Besser, sie geht jetzt, es ist ein altes Modell, nicht dass er noch in Brand gerät.

An der Tür fasst die Nachbarin sie an der Schulter, sagt diesmal aber Andreas' Namen und nicht, wie sonst, »der Deutsche«, sondern direkt »Andreas«.

»Freut mich, dass er dich verlassen hat.«

Bei diesen Worten funkeln ihre Augen. Nat würde gerne widersprechen, fragen, woher sie das weiß, sie beschränkt sich jedoch darauf, zu lächeln. Ein dummes Clownslächeln, sagt sie sich. Die Verletzung des Mädchens erlaubt es dieser Mutter, so zu handeln, wie sie handelt, gibt ihr das Recht, sie weiter zu bedrängen wie jemand, der in ein fremdes Haus eindringt. Die Nachbarin sagt, Andreas sei eine finstere Gestalt, wende schmutzige Tricks an und sei manipulativ. Sie kenne ihn sehr gut. Sehr gut, wiederholt sie, und diese beiden Worte wachsen ins Unermessliche, enthalten unversehens eine ganze Geschichte, eine eigene geheime Welt, zu der Nat keinen Zutritt mehr hat. Nat könnte sie daran erinnern, dass sie früher genau das Gegenteil gesagt hat – dass sie ihn kaum kenne. Sie könnte nach Einzelheiten fragen, ihren Aufbruch hinauszögern und versuchen, zu begreifen. Aber der Wunsch, zu fliehen, sich davonzumachen, überwiegt. Sie nimmt ihre Tüten, lächelt erneut und geht, ohne sich noch einmal umzudrehen.

Als sie zu Hause die Einkäufe in den Kühlschrank räumt, stellt sie fest, dass mehrere Eier zerbrochen sind. Außerdem sind zwei Joghurtbecher geöffnet und ausgeleert. Wann ist das passiert? Wer war das? Soweit sie sich erinnern kann, hat sie die Tüten keinen Moment lang unbeaufsichtigt gelassen. Die zerbrochenen Eier und die leeren Joghurtbecher beunruhigen sie mehr als alles, was sich gerade abgespielt hat.

Am dreißigsten Dezember kreuzt der Vermieter auf. Er hat schlechte Laune. Mit gesenktem Blick vor sich hin murmelnd, erzählt er als Erstes, dass er doppelt so viel wie sonst für ein Zicklein habe bezahlen müssen. Die nutzen es aus, dass alle – all die Schwachköpfe, sagt er – zum Silvesteressen unbedingt was Besonderes auf dem Tisch haben wollen. Er hat diese Dreistigkeit satt. So was von satt, wiederholt er. Nat tut, als ginge sie das alles nichts an, und holt das Geld. Silvester hin oder her, was spielt das schon für eine Rolle, fährt der Vermieter fort und lässt sich auf dem Sofa nieder, wenn es nach ihm ginge, würde er eine Tüte Chips essen und dazu ein paar Bier trinken, basta. Aber die Frauen, sagt er, machen immer alles kompliziert, keinen Feiertag können sie auslassen, egal was, ob Geburtstag oder Jubiläum, immer müssen sie was ganz Besonderes auftischen, als käme das Essen nicht am Ende so oder so als Scheiße hinten wieder raus. Er wischt sich mit dem Ärmel den Speichel vom Mund, grinst Nat spöttisch an und fragt dann nach dem Hund.

»Ein ganz schöner Reinfall für dich, was?«, sagt er lachend.

Sie sei selbst schuld, fügt er hinzu, sie habe es einfach nicht hinbekommen, richtig mit ihm umzugehen. So kompliziert sind Hunde gar nicht, die brauchen bloß eine harte Hand. Sie hat ihn verzogen mit dem ganzen unnötigen Zirkus – dass sie mit ihm zum Tierarzt ist, zum Beispiel, so ein Blödsinn. Oder glaubt sie, er weiß das mit dem Tierarzt nicht? Einerseits lauter unnötiges Zeug, andererseits diese

Schwachsinnsidee, ihn anzubinden. Kein Wunder, dass der durchdreht. Aber was soll's, jetzt ist es sowieso zu spät, um noch etwas gutzumachen – für jede Gans kommt irgendwann der Martinstag. Immer noch auf dem Sofa sitzend, durchwühlt er seine Hosentaschen und hält ihr schließlich die gefalteten und zerknitterten Rechnungen hin.

Nat sieht sie durch, gibt ihm das Geld. Er zählt langsam und misstrauisch nach. Dann erhebt er sich, baut sich breitbeinig und mit in die Hüften gestemmten Armen vor ihr auf und starrt sie an. Irgendwann gibt sie sich geschlagen und senkt den Blick.

»Und was hast du jetzt vor?«

Nat antwortet nicht, sie möchte bloß, dass er endlich geht.

»Jetzt, wo du mit keinem hier mehr rumvögelst, meine ich.«

In Nats Innerem platzt etwas auf. Als würde sich der Inhalt einer Tüte eiskalten Gels bis in ihre Gliedmaßen ergießen, die daraufhin schlapp an ihr herabhängen und ihr jede Gegenwehr unmöglich machen. Sie tritt einen Schritt zurück.

»Oder vielleicht vögelst du ja doch noch mit irgendwem. Dafür taugt einer so gut wie der andere, oder etwa nicht? Hauptsache, irgendeiner.«

Der Vermieter geht auf sie zu. Nat weicht bis zur Tischkante zurück. Versucht, zu entwischen, auf die andere Seite des Tischs zu gelangen, aber er hält sie am Arm fest.

»Komm her«, flüstert er. »Soll ich's dir nicht auch mal besorgen?«

Nat will schreien, aber er legt ihr schnell eine Hand auf den Mund. Mit der anderen packt er ihren Arm noch fester. Dann beugt er sich vor und zischt ihr ins Ohr.

»Sei still. Es kommt sowieso niemand, der dir hilft.«

Sie versucht, sich loszureißen, stößt ihn mit aller Kraft von sich, aber er legt einen erstaunlichen Widerstand an den Tag, versperrt ihr den Weg, presst sich an sie, seinen verschwitzten und erhitzten, harten, stinkenden Körper, drängt sie an die Wand, verdreht ihr den Arm, sagt immer wieder, sie solle still sein, droht, er werde sie fesseln und knebeln, wenn sie nicht mitspielt.

»Los«, sagt er, »zick nicht rum. Du hast mit dem Deutschen gefickt und mit dem Hippie und mit deinem Nachbarn und vielleicht sogar mit dem Alten, bei dem du putzen gehst. Bin ich etwa weniger wert?«

Sie weiterhin an die Wand pressend, packt er sie an den Haaren und zerrt ihren Kopf nach hinten. Sie spürt ein heftiges Reißen, seinen Sabber auf ihrem Hals und ihren Brüsten, hört sein Grunzen, während er sich über sie beugt. Sie schreit, aber was aus ihrem zugehaltenen Mund dringt, hört sich nicht wie ein Hilferuf an – ihre erstickte Stimme gleicht dem Krächzen eines Vogels, kurz bevor er geopfert wird. Er drängt sich noch fester an sie, erdrückt sie durch sein Gewicht, zieht sich dann aber zurück, spuckt zur Seite aus und fängt an, schallend zu lachen.

»Glück gehabt, Kleine. Jetzt hab ich keine Lust mehr.«

Nat unterdrückt den Brechreiz. Endlich kann sie schreien. Sie wird die Polizei rufen, brüllt sie, und ihn anzeigen, und sie wird allen erzählen, was passiert ist, jetzt gleich.

»Ach ja? Auch deinen Nachbarn? Und du glaubst, die helfen dir? Was meinst du, warum ich hier bin?«

Verwirrt und von Schmerzen gequält, weint Nat, reibt sich den Nacken und den Arm voller blauer Flecken. Sie sagt, er soll sofort verschwinden.

»Na klar verschwinde ich. Du hast doch nicht etwa gedacht, ich würde dich vergewaltigen, oder?«

Dann sagt er, sie ekele ihn an. Mit jeder anderen Frau, aber doch nicht mit ihr. Bevor er's mit ihr macht, macht er's lieber mit einer Ziege oder einer Kuh. Mit ihr, die immer das feine Dämchen spielt. Mit ihren platten Titten und ihrem Bohnengesicht. Soll sie ihn doch anzeigen, wenn sie sich traut. Niemand wird ihr glauben, es gibt keine Zeugen. Wenn sie ihn anzeigt, werden ihre Nachbarn mit ihr das Gleiche machen. Oder hat sie vielleicht gedacht, die Sache mit dem Hund sei erledigt? Die Nachbarn haben noch alle Zeit der Welt, wenn sie wollen. Sie wird schon sehen, was sie tut. Jedenfalls sollte sie aufhören, ständig rumzujammern.

Er streicht mit zwei Fingern an der Tischkante entlang – mit Zeige- und Ringfinger, beide fest aneinandergepresst – und starrt ihr dabei in die Augen. Diese Verbindung hält an, gerinnt allmählich in der Luft, auch als er längst draußen ist und den Jeep startet, selbst eine Weile später noch.

Nat ruft die Polizei nicht an. Sie ruft niemanden an. Sie setzt sich auf den Boden und trinkt Whisky, direkt aus einer Flasche, die Píter einmal mitgebracht hat. Sie ist völlig verstört und braucht eine Pause, sucht den Stillstand in der Betäubung. Aber vom Haareziehen tut ihr immer noch die Kopfhaut weh. Und ihre verkrampften Hände zittern.

Sie erwacht mit hämmernden Kopfschmerzen. Das Tageslicht blendet sie. Wie lange hat sie geschlafen?, fragt sie sich. Sie blinzelt mühsam und versucht sich klarzumachen, wo sie sich befindet, wie viel Uhr es sein mag, wer sie selbst ist. Schwankend steht sie auf, stößt gegen Möbel. In der trügerischen Stille sieht sie sich von außen, als würde jemand sie filmen, sie, eine Statistin, ein Eindringling, die am wenigsten bedeutende Rolle, die in einer fiktionalen Welt – Kulissen aus Plastik und Pappmaschee – vorstellbar ist. Gierig trinkt sie

Wasser, es löscht ihren Durst aber nicht. Um die Heiserkeit loszuwerden, redet sie mit lauter Stimme vor sich hin. Sie muss husten. Ihr brennt die Kehle. Es ist kalt.

Sie zieht ihre dicke Jacke an und geht hinaus. Die Sonne steht schon hoch am Himmel, wärmt aber nicht. Noch mehr Budenzauber, sagt sie sich. Eine aufgemalte Sonne, billige Dekoration. Über dem Umriss des Glauco verdichtet sich der Himmel, vor ihr erstreckt sich der Weg und gibt die Richtung vor.

Andreas' Lieferwagen steht nicht am gewohnten Platz, diesmal begnügt Nat sich aber nicht mit einem Blick aus der Ferne. Sie geht bis zum Haus und setzt sich neben der Tür auf die Erde. Dort bleibt sie mehrere Stunden, dass die anderen sie sehen können, ist ihr egal, was sie dazu sagen, auch, was sie einander zuflüstern, genauso, was sie ihr vorwerfen oder zur Last legen, interessiert sie nicht, auf ihre Würde, auf das, was sie zu anderen Zeiten als ihre Würde bezeichnet hätte – jetzt ist es bloß noch ein kaum fassbarer Begriff –, kommt es ihr nicht mehr an, nicht im Geringsten. Als sie irgendwann pinkeln muss, kauert sie sich einfach gleich nebenan zwischen die Büsche. Dann mummelt sie sich in ihre dicke Jacke und legt sich hin, so gut es geht, zeitweise döst sie weg.

Sie verbringt den ganzen Tag dort.

Kurz bevor es dunkel wird, reißt das Motorengeräusch sie aus ihrem Dämmer. Sie erblickt den Lieferwagen, dann Andreas, der aus dem Auto steigt. Sie steht auf, ordnet ihre Frisur. Er sieht sie wortlos an. Unmissverständlich hart. Es fällt ihr schwer, ihn wiederzuerkennen. Waren seine Augen wirklich so, sein Körper? War er nicht ein bisschen größer, oder auch kleiner? Ging er wirklich so nach vorn gebeugt, war er so dürr? Sie geht auf ihn zu, legt ihm die Hand auf die Brust, ohne Druck auszuüben, es ist bloß eine kurze Berührung, eine

Bestätigung. Durch den Stoff seines Pullovers hindurch verströmt Andreas eine leise Wärme, unbestreitbar real. Doch auch das ändert nichts an ihrem Gefühl, auf einer Bühne zu stehen, sich inmitten einer künstlichen Szenerie zu befinden.

»Was willst du?«

»Ich weiß es nicht.«

Das stimmt, sie weiß es wirklich nicht.

Er betrachtet sie neugierig. Richtet den Blick auf die blauen Flecken an ihrem Hals. Vielleicht zieht er seine Schlüsse daraus.

»Du siehst schlecht aus«, sagt er. »Komm rein.«

Im Haus ist es lauwarm, und es riecht nach Holz. Nat setzt sich aufs Sofa und sieht sich um. Andreas hat noch kein Licht gemacht, im Halbdunkel kommen Nat die Dinge zugleich seltsam vertraut und fremd vor. Schnurrend kommt Li zu ihr, reibt sich an ihrem Bein. Beide sind sie verwirrt, Nat weiß nicht, was sie als Nächstes tun soll, und Andreas erwartet eindeutig, dass sie etwas sagt oder unternimmt – warum sonst ist sie da?

Aber es ist offenkundig, dass Nat ihm nichts zu sagen hat. Sie mustert ihn wie einen Unbekannten, während er ein Päckchen Zigaretten hervorholt, sich eine davon anzündet und schweigend raucht. Wer ist dieser Mann? Warum hat sie so lange vor seiner Tür auf ihn gewartet?

Vor mehreren Monaten hat er sie gebeten, eine Weile in ihr drinsein zu dürfen. Jetzt ist es, als würde sie ihn, wenn auch auf andere Weise, um dasselbe bitten. Vor ihr steht ein Mann, der etwas in ihr entzündet hatte, etwas Großes und Unbekanntes, Labyrinthisches und Unerschöpfliches, aber diese Tatsache löst jetzt keinerlei Empfindung mehr in ihr aus. In Andreas' Augen hatte eine Botschaft aufgeleuchtet, die ihr den Zugang zu einer für andere unerreichbaren

Macht, einem für andere unerreichbaren Wissen zu eröffnen schien. Damit aber ist es vorbei.

Vielleicht hat sie sich selbstsüchtig dazu verleiten lassen, mehr zu nehmen, als ihr zustand. Vielleicht war sie wirklich undankbar. Sie hat geglaubt, im Himmel zu sein, aber selbst das hat ihr nicht genügt.

Andreas bricht das Schweigen. Ruhig, leidenschaftslos. Er weiß, was ihr in der letzten Zeit alles zugestoßen ist. »Alles?«, fragt Nat. »Ja, alles.« Doch sie wird es bald überwunden haben, versichert er. Sie soll sich nicht damit herumquälen, was die anderen über sie sagen. Nat spürt die Last der Entfremdung in seinen Worten.

»Weißt du was? Neulich musste ich nach Cárdenas. Überall waren bewaffnete Polizisten unterwegs. Alles war abgesperrt, und am Himmel kreisten Hubschrauber. Offenbar stand ein wichtiger Besuch bevor, ein Premierminister, glaub ich, oder ein Staatschef oder so, wegen einem internationalen Gipfeltreffen. Worum genau es ging, weiß ich nicht, ich habe es nicht herausgefunden, ich bin so schnell wie möglich wieder abgehauen. Furchtbar!«

Nat erwidert kein Wort. Sie versteht nicht, was Andreas ihr sagen möchte. Worauf will er hinaus? Will er sie trösten oder vor etwas warnen? Enthalten seine Worte eine geheime Botschaft? Oder will er sie bloß ablenken? Das Ganze kommt ihr völlig unwirklich vor, als spräche jemand anderes an seiner Stelle oder durch seinen Mund.

Es kommt ihr nicht nur so vor, es ist tatsächlich grotesk, linkisch, ungeschlacht, so wie sie ihn anfangs wahrgenommen hat, als sie ihn noch aus der Ferne sah, als Teil der Landschaft, mehr nicht. Der Deutsche, ein Mann wie jeder andere, ein x-beliebiger Mann. Und sie, sagt sie sich, hat mit allen Mitteln versucht, ihn zu übersetzen, ihn in ihre Welt zu versetzen. Was für eine absurde Idee, sagt sie sich. Wäre es nicht so lächerlich, könnte sie geradezu darüber lachen.

»Worüber lachst du?«, fragt Andreas verwundert. »Dich kann wirklich keiner verstehen.«

Eine Zeitlang überlegt sie, in La Escapa zu bleiben. Andererseits verspürt sie den starken Drang, fortzugehen. Das Bedürfnis, etwas zu beweisen, hat sie nicht. Sie will niemanden widerlegen und sich auch nicht in den Vordergrund drängen. Aber sie möchte beenden, was sie angefangen hat und was erst halbfertig ist, sie will sich nicht geschlagen geben. Sie will zum Beispiel die Übersetzung der Theaterstücke abschließen. Unter anderem.

Zuletzt entscheidet sie sich, in einen anderen nahegelegenen Ort zu ziehen. Sie mietet ein sehr altes Haus, für weniger als das, was der Vermieter aus La Escapa verlangt hat. Sie schrubbt den Boden, scheuert den Herd, fegt und harkt, beizt alte Bretter und Balken, bearbeitet die Kacheln mit einem Schaber, schneidet verdorrte Zweige ab – dass sie all diese Arbeiten an einem neuen Ort noch einmal durchführt, kommt ihr nicht wie ein Rück-, sondern wie ein Fortschritt vor. Ab und zu schaut Píter vorbei. Jedes Mal bringt er ein Geschenk mit, ist so aufmerksam wie zu Beginn, ja vielleicht sogar noch aufmerksamer. Sie stört sich nicht mehr daran. Sie sind sich ähnlicher, als sie gedacht hat, denkt sie. Píter spricht wenigstens mit ihr.

Sie fühlt sich unverwundbar, allen Urteilen der anderen enthoben, was sich jedoch der Tatsache verdankt, dass sie aus der Zeit, in der sie lebte, hinausgetreten ist – als wäre sie beim Ersteigen einer endlos langen Treppe von einer kaputten Stufe ins Leere gestürzt, während alle Übrigen, ohne es zu bemerken, ihren Aufstieg fortsetzten.

Etwas rührt sich noch in ihrem Innern, wie ein Schluckauf, wenn sie an Andreas denkt. Immer wieder beschwört sie mit geschlossenen Augen das Bild seiner Hände, die ihr über die Seiten streichen, in sich herauf. Den Moment, als seine Finger zum ersten Mal ihre Taille berührten. Die Taille, deren Nacktheit durch das T-Shirt, das sie anhatte, noch hervorgehoben wurde. Die Dunkelheit, in der die Umrisse ihrer Körper umso deutlicher hervortraten. Das Getrommel der Regentropfen auf dem Blechdach des Schuppens. Ein einziger Augenblick, sagt sie sich – dieser, zum Beispiel –, kann genügen, um ein ganzes Leben zu rechtfertigen. Manchen ist nicht einmal das vergönnt. Andere Erinnerungen haben dagegen an Bedeutung verloren. Sie verwirft sie, eine nach der anderen, bis nur noch die an den ersten Tag übrig ist.

Ihr Gedächtnis ist geschrumpft. Ihr Gedächtnis ist jetzt so klein, dass es in eine hohle Hand passt. Sentimentale Überbleibsel, sagt sie sich, haben die Ewigkeit nicht verdient.

Eines Tages steigt sie in ihr Auto und fährt nach La Escapa. Sie will auf den Glauco. Sie parkt an derselben Stelle, an der Andreas bei ihrem gemeinsamen Ausflug den Lieferwagen stehen ließ. Auch das letzte Stück bis zum Aussichtspunkt legt sie auf genau dem Weg zurück, den sie genommen haben. Sie will aber nicht die Gefühle von damals wachrufen, im Gegenteil, sie will sie auslöschen, mit etwas Neuem überschreiben.

Auf einem Felsen sitzend bewundert sie die von einem glasigen Dunst überzogene Landschaft unter dem Wolkenhimmel, die verwaschenen ineinanderfließenden Farben. Langsam atmet sie ein und aus. Die eisige Luft macht ihre Nase frei, brennt aber auch ein wenig. Unwillkürlich setzt sie zu einem stillen Abschiedsritual an.

Sie spürt ein Kribbeln an der Hand, eine Ameise. Sie stellt fest, dass ein langer Ameisenzug über den Felsen marschiert, auf dem sie sitzt, ein geordneter Zug, nur eine tanzt aus der Reihe, die Ameise, die auf ihre Hand geklettert ist – die Aufsässige, die Abweichlerin.

Aufmerksam beobachtet sie die Ameisen. Der weite Blick von oben und die so enge Welt dieser Tiere – es fällt ihr schwer, beides zusammenzubringen. Das Große und das Kleine, gemeinsam, auf derselben geistigen Ebene.

Sie gelangt zu einer Art Frieden, einer plötzlichen Offenbarung – der von ihr begangene Diebstahl gewinnt unversehens seine ganze Bedeutung. Jetzt ist sie imstande, ihn zu verstehen.

Sie begreift, dass man ein Ziel nicht erreicht, indem man darauf anlegt, im Gegenteil, es gelingt nur wie aus Versehen, über Verzögerungen und Umwege, fast zufällig.

Sie erkennt, dass alles zu diesem Augenblick hingeführt hat. Selbst das, was scheinbar nirgendwohin führte.

Spanische Literatur bei Wagenbach

Sara Mesa *Quasi* Roman

Von außen ist das Versteck zwischen Büschen und Bäumen nicht zu sehen. Jeden Tag begegnen sich dort ein junges Mädchen und ein deutlich älterer Mann. Ein doppelbödiger Roman, in dem vieles anders ist, als es scheint.

Aus dem Spanischen von Peter Kultzen
WAT 854. Broschiert. 144 Seiten

Rosa Chacel *Leticia Valle – Memoiren einer Elfjährigen* Roman

Leticia Valle steht kurz vor ihrem zwölften Geburtstag. Höchste Zeit also, Rechenschaft abzulegen: über ihre Befreiung von der Kindheit, ihr intellektuelles Erwachen – und eine »unerhörte« Verführung. Ein Klassiker der literarischen Moderne.

Aus dem Spanischen von Maralde Meyer-Minnemann
Mit einem Nachwort von Peter Kultzen
Oktav*heft*. Elegante Klappenbroschur. 192 Seiten

Miguel Delibes *Frau in Rot auf grauem Grund* Roman

Miguel Delibes' vollkommenster Roman: eine vorbehaltlose Liebeserklärung und das Porträt einer faszinierenden, höchst eigenwilligen Frau.

Aus dem Spanischen von Michael Hofmann
SVLTO. Rotes Leinen. Fadengeheftet. 144 Seiten

Juan Marsé *Gute Nachrichten auf Papierfliegern* Roman

Papierflieger über Barcelona künden von nichts Geringerem als Leben, Liebe und Tod. Eine alte Dame mit Papagei und Kanarienvogel öffnet dem jungen Bruno die Augen: ein kleines Buch, das eine große Geschichte erzählt.

Aus dem Spanischen von Dagmar Ploetz
WAT 849. Broschiert. 96 Seiten

Lesen Sie weiter …

Suzette Mayr *Der Schlafwagendiener* Roman

Viele der Passagiere auf der Eisenbahnreise quer durch Kanada haben eine besondere Geschichte, so auch der stets freundliche und emsige Page Baxter. Eine rasante und herzergreifende Tour d'emotion mit einer hochsympathischen Hauptfigur.

Aus dem kanadischen Englisch von Anne Emmert
Quart*buch*. Gebunden mit Schutzumschlag. 240 Seiten

Marvel Moreno *Im Dezember der Wind* Roman

In jedem Satz steckt eine ganze Welt. Marvel Morenos karibische Saga um vier Freundinnen: ein ausschweifender, heftiger, überlebensgroßer Roman – und die lange überfällige Entdeckung einer faszinierenden Erzählerin.

Aus dem kolumbianischen Spanisch von Rike Bolte
Quart*buch*. Gebunden mit Schutzumschlag. 432 Seiten

María Gainza *Schwarzlicht* Roman

Origineller als das Original? Eine schillernde Hochstaplergeschichte aus Buenos Aires – in den Hauptrollen: eine rätselhafte geniale Künstlerin ohne Werk, eine Bande melancholischer Fälscher und eine Erzählerin auf der Suche nach der Wahrheit.

Aus dem argentinischen Spanisch von Peter Kultzen
Quart*buch*. Gebunden mit Schutzumschlag. 160 Seiten

Yelena Moskovich *Virtuoso* Roman

Sie haben Heimweh nach einem Ort, den es nicht mehr gibt. Oder den es nie gegeben hat? Die rebellischen Frauen in »Virtuoso« ziehen aus dieser Melancholie explosive Kraft.

Aus dem Englischen von Conny Lösch
Quart*buch*. Klappenbroschur. 272 Seiten

Domenico Starnone *Im Vertrauen* Roman

Bis jetzt ist alles gut gegangen. Bis jetzt war er ein glücklicher Mensch. Bis jetzt hat sie ihn nicht verraten … Domenico Starnones trickreicher Roman über die Macht einer kleinen Vertraulichkeit – und die Gefahr, die verborgene Seite eines anderen zu kennen.

Aus dem Italienischen von Martin Hallmannsecker
SVLTO. Rotes Leinen. Fadengeheftet. 168 Seiten

María Gainza *Lidschlag*

Blicke, Bilder und Geschichten: ein Buch, in dem sich Kunst und Leben auf einzigartige Weise verweben – mühelos und elegant erzählt von einer argentinischen Exzentrikerin.

Aus dem argentinischen Spanisch von Peter Kultzen
SVLTO. Rotes Leinen. Fadengeheftet. 168 Seiten

Natalia Ginzburg *Die kleinen Tugenden*

Die schönsten Texte, von der großen italienischen Autorin selbst zusammengestellt. Wie es zugeht unter Menschen, die sich gernhaben, aber in schwierigen Zeiten leben. Und warum man die großen Tugenden (wie Großzügigkeit) den kleinen Tugenden (wie Sparsamkeit) vorziehen soll.

Aus dem Italienischen von Maja Pflug
SVLTO. Rotes Leinen. Fadengeheftet. 160 Seiten

Mireille Gagné *Häsin in der Grube* Roman

Der Schneeschuhhase kann sich unsichtbar machen: Sein Fell ist im Sommer rotbraun, im Winter schlohweiß. Er schläft kaum, kann aus dem Stand drei Meter weit springen, bis zu 80 km/h schnell rennen und naturgemäß hakenschlagend seine Verfolger abhängen. So müsste man sein, denkt sich Diane an ihrem Schreibtisch und trifft eine Entscheidung.

Aus dem kanadischen Französisch von Birgit Leib
SVLTO. Rotes Leinen. Fadengeheftet. 120 Seiten

Reisen nach Spanien

Andalusien *Eine literarische Einladung*

Mehr als Sonne, Strand und Schnee! Spanische Autorinnen und Autoren werfen einen Blick ins Innere der weiß gekalkten Häuser Andalusiens und verführen zur Reise durch eine einzigartige Kultur-Landschaft.

Herausgegeben von Marco Thomas Bosshard und Volker Jaeckel
SVLTO. Rotes Leinen. Fadengeheftet. 144 Seiten

Barcelona *Eine literarische Einladung*

Metropole am Meer, atemberaubend schön, politisch umkämpft, von Touristen zu Tode geliebt: Autorinnen und Autoren aus der Welthauptstadt der spanischsprachigen *und* katalanischen Literatur laden ein, Barcelona zu entdecken.

Herausgegeben von Michi Strausfeld
SVLTO. Rotes Leinen. Fadengeheftet. 144 Seiten

Kanarische Inseln *Eine literarische Einladung*

Ein liebestoller Kanarienvogel, ein Orgelspielerphantom, ein freiheitsliebender Hund: Das magische Ambiente der Kanarischen Inseln bringt ebenso zauberhafte wie komische literarische Gestalten hervor.

Herausgegeben von Gerta Neuroth
SVLTO. Rotes Leinen. Fadengeheftet. 144 Seiten